아무튼, 인기가요

아무튼, 인기가요

서효인

차례

프롤로그

내 돈 주고 처음 산 가요 앨범은 015B 3집 《The Third Wave》다. 물론 카세트테이프로 샀다. 서태지와 아이들 1집 앨범은 어머니가 샀으니까 따로 셈해야 할 것 같다. 그즈음부터 어머니의 카세트테이프 플레이어는 내 방으로 자리를 옮기게 되었고, 그 작은 기계로부터 내 귀는 감화받았다. 015B 3집의 메가 히트곡은 〈아주 오래된 연인들〉이다. 그 노래를 알아야 노래 좀 듣는다고 뽐내고 뻐길 수 있었다. 어린 마음에 뻐기기는 더럽게 뻐겼던 것 같다. 이제는 3분짜리 노래들이 아주 오래된 연인처럼 느껴진다. 제멋대로인 생각이다. 따로 뻐길 것 없는 대중적 취향이라는 것도 잘 안다. 노래와 관련된 기억은 실상 나만의 것도 아니다. 그런 이야기는 너무 많다. 노래처럼 많다. 노래를 좋아하는 사람들만큼이나 많다.

처음으로 팬이 된 아티스트는 015B가 아닌 서태지와 아이들이었다. 서울대 출신보다는 고졸이 좋았을지도 모르겠다. 아니 그때는 주변 사람 남녀노소 거의 모두 그들의 팬이었으므로 나라고 하여 따로 특별할 것은 없었다는 말이 더 온당하겠다. 이론적 조예가 없는 채로 그저 말뿐인 말을 하자면, 지금 케이팝의 효시는 아무래도 서태지와 아이들이 아닐까 싶은데, 그런 역사와 함께했다는 마음은 사람을 조금 고조시킨다. 한갓 유행이고 잡탕이며 추억팔이가 아닌 무려 계보고 역사며 공유된 감각이라고 한다면 뽐내고 뻐기기 좋을 것이다. 반면에 유행이고 잡탕이며 추억이라 해도 뭐 어때 하는 마음도 있다. 두 마음은 아마 한 몸일 것이다. 015B의 노래 중에 가장 좋아했던 건 〈수필과 자동차〉다. 아무튼, 하며 수필을 쓰려고 하니 감회가 복잡하다. 노래의 가사처럼 나는 수필을 뽐내고 자동차로 뻐기(고 싶어 하)는 도시인 아저씨가 되었는데… 어떤 노래는 이렇게나 길고 넓다. 많은 노래가 그렇다.

최초로 산 시디는 이소라 1집이다. 〈난 행복해〉가 타이틀이지만 수록곡 모두가 훌륭하다. 아무렴, 가수가 누군데. 그래서 시디를 틀 수 있는 기계가 집에 없음에도 불구하고 일단 질렀다. 그리고 어머니를 목놓아 불렀다. 때아닌 떼쓰기에 당혹한 어머니가 사주었던 SANYO 시디플레이어(사실은 어머니도 이소라의 목소리에 반했던 게 아닐까). 그 기계로부터도 많은 것을 받았다. 귀로 들어와 몸을 채우고 가슴에 남았다. 그로부터 지금까지 무언가를 계속 듣는다. 남이 듣는 것은 무조건 듣고, 남이 안 듣는 것도 찾아 듣는다. 이글거리는 마음의 갈피를 찾지 못하던 열다섯부터, 무엇이든 할 수 있을 것 같은데 어떻게든 망할 것도 같았던 스무 살 때도 들었다. 밤새워 시를 쓰고 아침마다 버리던 스물다섯에도 들었다. 그중 할 수 있는 것을 찾아 최선을 다해 두리번거리던 서른 살 때도 들었다. 배우자가 되고 아이 둘의 아빠가 된 서른다섯 시절에도 들었다. 이제는 완전히 새로운 것보다 적당히 옛것이 좋기도 한 마흔이 되었지만 듣는다. 지금 여기의 노래를, 최신의 인기가요를. 최선의 목소리와 몸짓을, 듣고 본다.

최초로 사용했던 엠피스리플레이어는 삼성 제품으로 용량이 32메가라 여덟 곡 정도 저장할 수 있었다. 거기에 최초로 넣어둔 노래는 샵의 〈Sweety〉였다. '소리바다'에서 다운로드해서 들었는데, 후회한다. 당시 소리바다는 음원 공유 사이트였다. 공유 사이트라고 적고 불법 사이트라고 읽어도 문제는 없을 것이다. 지금 가요가 예전보다 후퇴한 지점이 무엇이든지 그때 무료로 노래를 들었던 사람들 잘못이다. 나 때문이다. 후회한다. 최초로 가입한 스트리밍 서비스는 '벅스뮤직'이다. 지금까지 쓴다. 어쩐지 '멜론'을 쓰지 않는 이상한 감성이 있다. 본문 어디

에선가 설명될 것이다.

　　오마이걸을 본격적으로 응원하면서부터 시디를 다시 사기 시작했다. 회사 옆에 생뚱맞게 자리했으나 용케 망하지 않고 버티고 있는 레코드 가게에서 종종 산다. 그러나 내게는 〈난 행복해〉 시절과 마찬가지로 시디를 재생시켜줄 장치가 전혀 없다. 그럼에도 불구하고 팬의 마음으로, 수집 욕구 때문에, 돈을 번다는 보람을 느끼려고 산다. 마지막으로 산 시디는 오마이걸 유아의 《Bon Voyage》와 에버글로우 《Let Me Dance》. 우리 집 아이들은 쓸모없이 집에 쌓이고만 있는 시디가 뭐에 쓰는 물건인지 모른다. 녀석들에게 시디는 동그랗고 반짝거리는 도넛 모양의 거울… 같은 게 아닐까. 이 아이들이 크면 무엇으로 음악을 듣게 될까. 어떤 음악을 들을까. 어느 가수를 좋아하려나.

　　그날도 나는 듣고 있으려고 한다. 그게 무엇이든, 무엇으로 틀든, 누가 인기고 어떤 게 유행이든 상관없이 듣고 있을 것이다. 노래는 이렇게 계속해서 변하는데, 변함없이 그대로다. 3분의 세계가 시작하는 순간은 늘 처음인 것도 같다. 반복되는 처음이라니, 이거 꽤 근사하잖아? 이런 근사함의 세계는 그저 즐기면 그만인 것을, 감히 즐기다 못해 글을 쓴다. 당신도 다 아는 이야기다. 다 아는 이야기를 쓰기가 참 어렵다는 것도 안다. 하지만 뭐 어때? 하는 마음은 여전히 불쑥 튀어나오고, 그게 노래의 특성일지도 모르겠다. 글을 쓰며 노래를 튼다. 지금 듣는 노래는 우효의 〈민들레〉. 가요는 같이 듣는 노래다. 귀를 통해 손을 잡는 행위다. 이제 그걸 하려고 한다. 조금 부끄럽고 많이 뻔뻔한 자세로, 누른다. 플레이.

#플레이리스트

015B
〈아주 오래된 연인들〉
서태지와 아이들
〈하여가〉
이소라
〈난 행복해〉
넥스트
〈도시인〉
샵
〈Sweety〉
유아(오마이걸)
〈Diver〉
에버글로우
〈LA DI DA〉
우효
〈민들레〉

천재 단신 댄스 가수를 그리며

내게는 박남정이 없었다면 서태지도 없을 것이라 우기고 싶은 심정이 조금 있다. 1989년 겨우 초등학교 (그때는 국민학교라고 했다) 2학년이던 나는 박남정으로 가요에 입문해 주위의 코흘리개 녀석들에게 같이 코를 흘리면서 〈널 그리며〉와 〈사랑의 불시착〉을 전파하려 애썼다. 특히 〈널 그리며〉는 '기역니은춤'으로 가히 선풍적인 인기를 끌었다. 시간이 지나 재닛 잭슨의 안무가 떠오른다는 의견도 있었으나, 진실은 알 수 없다. 그러나 모방은 창조의 어머니라고 하지 않았던가. 당시 우리 가요계에는 어머니가 참으로 많았다.

어쨌든 나와 나에게 포섭된 몇몇 꼬맹이들은 오전반과 오후반이 교차하며 가히 야만인이라 할 수 있는 10세 이하 어린이의 맹그로브숲이 되어버린 운동장에서 〈널 그리며〉를 힘차게 불렀다. 이제 동요 따위는 부르지 않겠다고 선언이라도 하듯이. 우리는 이제 더 이상 새 나라의 어린이가 아니며, "널 그리며"의 동사 '그리다'가 그림을 그리는 게 아님을 알 만한 나이가 된 것 같아 꽤 우쭐했는데, 그럼에도 곡의 뒷부분, 그러니까 '사랑'이라는 단어가 터져 나오는 대목에 이르러서는 괜히 신발주머니를 크게 휘둘러 옆 친구의 책가방을 치기도 했다.

설 연휴가 끝나갈 무렵에는 외갓집 식구 중에 가장 큰 거실을 가진 이모네에 모여 아이들은 세뱃돈을 받고 어른들은 세뱃돈을 냈다. 받는 족족 엄마와 이모들은 잠깐만 맡아두겠다며 자식들에게 검은 손을 뻗쳤고, 나는 쉽게 뺏기는 편이었다. 외갓집은 여자 형제가 많은 집 특유의 흥겨움이 있었는데, 나는 박남정을 활용해 그 분위기에 적극적으로 편승해보기로 했다. 〈널 그리며〉에 맞춰 그간 갈고닦아온 기억니은춤을 열심히 추었다. 엄마가 보낸 속셈 학원에서 속셈 대신 배운 춤이다. 내 춤을 본 큰외삼촌과 막내 이모부가 나의 속셈대로 껄껄 웃으며 1,000원, 2,000원 용돈을 더 주었다. 춤을 멈추면 더 춰보라 채근하며 3,000원, 5,000원도 주었다. 레퍼토리가 떨어지면 개다리춤도 추고 엉덩이도 실룩거리고 기억니은춤을 변형해 목욕하듯 손바닥으로 가슴과 배를 쓸었다. 아, 이거 통하는구나. 기뻤다. 이게 다 한국의 마이클 잭슨, 박남정 덕분이다.

가요계의 어머니… 말고 진짜 우리 어머니는 처음에는 같이 좋아하더니 한 곡, 두 곡, 앙코르곡까지 이어지자 이를 말렸다. 꽤 전투적으로 말렸다. 그리고 내가 받은 돈만큼 사촌들에게 용돈을 더 준 뒤 내 손목을 잡아끌고 거실을 빠져나왔다. 이제 그만

까부는 게 좋겠다, 어른들끼리 할 이야기가 있으니 너는 사촌들이랑 방에 들어가 놀아라, 하는 요지였는데, 단호한 어조로 사족처럼 뒤에 붙인 문장이 내겐 더 중요하고 충격적이었다. "우리 아들이지만, 네가 그렇게까지 잘하는 건 아냐."

박남정은 확실히 잘하는 가수였다. 댄스 가수로 알려져 있지만 작사와 작곡에 모두 능했고, 청량한 목소리로 정확한 음정을 낼 줄 알았다. 특히 1992년에 발표한 〈비에 스친 날들〉은 지금 봐도 썩 괜찮은 댄스 퍼포먼스다. 심지어 중간에 랩도 있다. 그때는 잘 알아듣지 못했는데, 다시 찾아봐도 그건 마찬가지인 듯하다. 그러니까, 박남정은 랩 빼고는 다 잘하는 가수였다는 말이다. 그의 영상에서는 희미하게 어떤 계보가 읽히기도 하는데, 애써 단정하자면 '천재 단신 댄스 가수'가 아닐까. 박남정-유승준-태양으로 이어지는. 그러니까 박남정이 춤을 추다 잠시 쉬며 입술을 깨물 때, 그다지 격하게 움직이지 않지만 좋은 리듬감이 느껴질 때, 무엇보다 유려한 몸짓을 뚫고 나오는 미성이 발견될 때, 2010년대 중반을 뜨겁게 달구던 태양이 보이는 것이다.

그날 이후로 명절에 춤추지 않는다. 평일에는 더욱 그렇다. 무대에 대한 막연한 열망 같은 게 미량이나마 남아 있었는데 그건 그대로 초등학교 5학년 봄 소풍 무대에서 크게 불타오르고 장렬히 진압된다. 이 에피소드는 아마도 뒤에 쓰게 될 것이다. 분명히 쓰겠지. 나는 그날 무대에서 양현석을 맡았다. 그사이 어느 해 여름방학에는 친구 집에 모여 박남정 주연 영화 〈새앙쥐 상륙 작전〉을 보았다. 그의 랩과 비슷한 영화였다. 지금 박남정은 신인 그룹 STAYC의 멤버 시은의 아버지가 되어 가끔 예능에 얼굴을 비춘다. 그도 아빠고 나도 아빠라니. 오늘은 딸아이에게 기역니은춤을 가르쳐볼까. 낫도 모르고 기역도 모르는 녀석이 이렇게 말할 것 같아 두렵다. "우리 아빠지만, 아빠가 그렇게까지 잘하는 건 아냐." 그러나 박남정은 확실히 잘했다. 랩이랑 연기 빼고.

#플레이리스트

박남정
〈널 그리며〉

박남정
〈사랑의 불시착〉

박남정
〈비에 스친 날들〉

박남정
〈아! 바람이여〉

유승준
〈열정〉

유승준
〈나나나〉

태양
〈링가 링가〉

STAYC
〈SO BAD〉

찾았다, 오마이걸!

* 주의: 〈Dolphin〉을 듣고 다음 글을 읽으시오.

회사 옆 레코드 가게가 막 생겼을 때 오마이걸의 《비밀정원》을 사려 했다. 그때 그 앨범은 거기에 없었지만 최근에 나온 《NONSTOP》은 거기에 있어 묘한 승리감과 대견함을 동반한 자아도취를 느끼고 있다. 이제 레코드 가게에 오마이걸 앨범쯤은 무조건 구비되어야 하는 것이다! 나의 '픽'은 가요 대상을 받기는커녕 연말 시상식에서도 1부 무대에 올라 1절만 부르고 내려가기 십상이었는데 이제는 아니다. 오마이걸은 정점에 올랐다. 갖가지 성과와 수치가 그렇게 말하고 있다. 무엇보다 이번 앨범의 수록곡에 불과한 〈Dolphin〉이 일으킨 물보라는 내 마음속 대상감이다. 비단 나뿐은 아닐 것이다. 2020년 올해의 가수는 오마이걸이다! 다, 다, 다, 다다다다다…. 무슨 외계어인지 싶은 분들은 직접 노래를 들어보시길 권한다. 들으면 압니다. 후회하지 않으실 겁니다, 다, 다, 다, 다다다다다.

처음 오마이걸이 눈에 들어온 것은 유재석이 진행한 음악 예능 〈투유 프로젝트-슈가맨〉에서였다. 모티브는 영화 〈서칭 포 슈가맨〉에서 가져온 듯하다. 프로그램 내내 영화의 OST가 배경음악으로 깔렸으니 거의 그럴 테다. 영화의 내용처럼 슈가맨이란 반짝하는 히트곡 하나 혹은 둘을 내고, 빛나던 시기를

1년 혹은 2년 정도 보낸 후 사람들의 뇌리에서 사라진 가수를 뜻하는데, 예능 〈슈가맨〉에서는 그저 예전에, 협소하게는 1990년대 인기였던 가수가 거개 등장해서 (나 혼자에게만) 빈축을 샀다. 그날 출연한 슈가맨 중 하나는 무려 유피(UP)였는데, 아니 슈가맨이라기에는 히트곡이 너무 많지 않은가? 〈뿌요뿌요〉 몰라? 〈바다〉 몰라? 하지만 반가운 건 반가운 거니까, 국민 코미디언의 넉살에 넘어가주기로 마음먹고 채널을 돌리지 않았다. 이윽고 오마이걸이란 걸그룹의 멤버 둘이 유피의 노래를 재현하러 나왔다. 미미와 승희였다. 짧은 연습 기간이었을 테고, 본인들의 컴백 무대도 아니었는데, 잘하면 얼마나 잘했겠는가. 여느 신인 그룹의 커버곡 영상을 보듯 그저 지나가면 될 일이었는데, 나에게 크나큰 사고가 일어난 것이다. 보험 처리도 어려운. 헤어나올 수 없는. 루시퍼 같은.

그리고 기다렸다. 〈CLOSER〉와 〈LIAR LIAR〉를 들으며 기다렸다. 기다림의 끝에는 〈WINDY DAY〉가 있었는데, 기다림 때문인지 막무가내로 빠져버린 것인지 좋아도 너무 좋은 것이다. 이때부터 주변 사람들에게 오마이걸을 알리기 시작했다. 좀 유난스러운 구석도 있었는데, 불안한 마음 때문이었던 것 같다. 데뷔한 지 몇 년인데, 이 정도 성적으로 는 안 돼. 이러다 조용히 사라지는 수가 있어. 없어 지는 줄도 모르고 없어질 수도 있어…. 실제로 그런 그룹이 꽤 있었기에 거짓 불안은 아니었다. 다만 주 위 사람들은 이런 내 모습을 유머로 받아들였다. 웃 어서 나쁠 일 없고 침도 안 맞을 것이고 복도 오고 스트레스도 풀리니 나쁠 게 없어서 나도 따라 웃었 지만, 의아했다. 이게 웃긴가? 하긴 그럴 수도. 하지 만 나는 진지했다. 오마이걸의 모든 활동처럼.

　이후의 진지한 활동은 구체적으로 다음과 같 다. 앞서 레코드 가게에 없던 앨범 《비밀정원》에 수 록된 동명의 타이틀곡은 케이블 음악 방송에서 1위 를 찍는다. 오마이걸 최초 1위였다. 여세를 몰아 이 어서 낸 정규 앨범의 타이틀곡 〈다섯 번째 계절〉로 복수의 음악 프로그램에서 1위를 차지한다. 음원 사 이트에서도 (잠시) 정상에 올랐음은 물론이다. 쉬 지 않고 이어서 낸 여름 시즌송 〈BUNGEE〉로 드디 어 지상파(SBS) 1위를 달성한다. 그사이 Mnet이 걸 그룹의 컴백쇼를 미끼로 던진 경연 음악 예능 〈퀸 덤〉을 꽉 물어 인지도를 비약적으로 높인다. 대망의 〈Destiny(나의 지구)〉 무대가 여기서 탄생했다. 그 리고 결국은 이윽고 마침내 기필코 드디어 그 순간

《NONSTOP》앨범의 〈살짝 설렜어〉를 세상에 낸 것이다. 오마이걸은 이 활동으로 모든 음악 프로그램 1위를 달성하고 모든 음원 사이트에서 또한 1위를 하시었으며, 〈Dolphin〉이라는 노래마저 별다른 활동 없이 널리 회자되었다. 각 멤버는 예능과 드라마, 광고를 넘나들며 영역을 넓히고 있으며 회사 옆 레코드 가게에는 《NONSTOP》앨범 포스터가 붙어 있다. 이젠 찾을 것도 없이 쉽게 찾을 수 있다. 내가 이제 걱정이 없다. 내가 정말 뿌듯하다. 내가 이렇게 기쁘다. 내가 이토록 웃음이 난다. 내가 과하게 설렌다. 내가 찾았다, 오마이걸, 나의 가수를.

　　오마이걸이 정상에 오르기까지 다른 그룹보다 꽤 긴 시간이 필요했다. 〈CUPID〉로 2015년에 데뷔하여 올해 2020년이니 이례적으로 완만한 상승 곡선이라 할 수밖에. 보통 정상권에 진입한 가수는 데뷔해 얼마 있지 않아 높은 곳에 다다른다. 좀 더뎌도 6년이나 걸리는 경우는 별로 없다. 그 시간의 다정한 목격자가 되어 영광이다. 2016년 '입덕' 이후 지난 5년 동안 오마이걸에 많은 걸 빚졌다. 야근하고 집으로 돌아가는 경의선에서 그들의 음악을 무한 재생했다. 야당역에 내려 행인 없는 육교를 건너면서는 열 띤 목소리로 흥얼거리기도 했다. 그러면 하루 스트레스가 제법 사라졌다. 운전할 때에도 오마이걸을 들었다. 몽환적인 노래를 듣고 있으니, 끼어드는 차가 있어도 욕이 나오지 않았다. 오마이걸이 활동하는 몇 달은 삶을 버텨내기 쉬웠다. 많은 계절과 밤낮을 오마이걸 덕분에 한결 수월하게 지낼 수 있었다. 그저 잘 지냈다. 그래서 그저 고맙다. 내가 이렇게 고마울 일이 많다. 내가 정말 감사하다. 내가 이렇게 사랑한다. 그래서인지 미안하다. 갑자기 물보라 같은 눈물이 난다, 다, 다, 다, 다다다다다다. 뿅!

#플레이리스트

오마이걸
⟨WINDY DAY⟩

오마이걸
⟨비밀정원⟩

오마이걸
⟨다섯 번째 계절⟩

오마이걸
⟨BUNGEE⟩

오마이걸
⟨Dolphin⟩

오마이걸
⟨한 발짝 두 발짝⟩

오마이걸
⟨Destiny(나의 지구)⟩

그때의 나를 용서해

양현석 이야기를 하자. 서태지면 서태지지 왜 양현석이냐 묻는다면 어쩐지 메인이라 할 수 있는 자의 옆자리에 서 있는 사람을 좋아했던, A급과 B급 사이 애매한 급수의 감성 지수 때문이라고 해야 할 것이다. 그걸 B⁺ 감성이라고 하자. 그런 게 있다. 서태지가 최고인 걸 알지만 왠지 양현석의 팬이 하고 싶으며 그렇다고 이주노의 팬은 하기 싫은 거. 이효리도 성유리도 아닌 이진을 좋아했던 그런 감성(얼마 전 〈캠핑클럽〉을 보고 반성했다. 처음부터 옥주현을 좋아해야 했다고, 정말로 멋진 사람이라고⋯). H.O.T.나 젝스키스보다는 역시 NRG를 좋아하지만 OPPA까지는 관심을 주지 않던 유형.

　　양현석의 별명이 양군이었고 양군이라는 두 글자의 이니셜을 딴 YG가 작금의 거대 엔터테인먼트사가 되었다는 이야기는 국적을 불문한 케이팝 팬들에게 일종의 신화다. 역사상 가장 대단했던 아이돌 그룹이 해체되고, '아이들'이었던 양현석과 이주노는 다른 아이들을 키우는 사업에 성심을 다한다. 이주노는 영턱스클럽을 론칭했고 양현석은 킵식스를 내놓았다. 의리상 두 그룹의 시디를 모두 샀는데, 영턱스클럽만 들을 수밖에 없었다. 킵식스는 뭐랄까, 그저 느끼했다. 반면에 영턱스클럽의 노래는 얼마나 듣기 좋았던가. 멜로디는 분명 트로트이건만 스타일은 스노보딩에 에너지는 틴에이저였으니. 당시 쉬는 시간이면 교실에 '나이키'를 한다며 아이들이 떼로 물구나무 비슷한 걸 시도하곤 했었다. 반면 킵식스의 노래를 아는 친구는 거의 없었다.

첫 시도가 실패했음에 책임감을 느껴서인지, 양현석은 솔로 앨범으로 돌아온다. 동네 레코드 가게에 예약을 걸어놨음은 물론이다. 의리가 있으니까. 서태지가 작곡한 〈아무도 안 믿어〉는 지금 들어도 세련된 곡이며, 지금 생각해도 의미심장한 제목이다. 활동은 〈악마의 연기〉로 했다. 앨범 아트를 보면 알 수 있듯이, 악마의 연기는 핵무기다. 인류를 파멸시킬 수 있는 핵전쟁을 예감하고 걱정하는 사회 비판적 노래인데… 역시 지금 생각하니 의미심장하다. 그는 여러모로 시대를 앞서거나 발맞춰 갔다. 한때 덮어놓고 좋아했던 아티스트에 대해 비아냥거리는 어투로 글을 쓰려니 속이 쓰리다. 가끔 신사동 닭볶음탕집에서 이주노와 스칠 때면 그러려니 하는데, 마주치지도 못할 양현석에 대해서는 마음이 이렇다. 왜 그랬어요, 양군. 왜 그랬니, 그때의 나여.

고향에 '패밀리랜드'라는 게 있었다(양현석은 후에 소속사 아티스트를 규합해 'YG패밀리'라는 그룹을 만들기도 하는데…). 서울로 치자면 롯데월드 같은 놀이공원이지만, 실제 롯데월드에 가보고 나서는 그런 생각은 안 하게 되었다. 거기서 친구들과 서태지와 아이들 댄스를 커버했다. 집에서 쓰던 카세트에 건전지를 채워 패밀리랜드에 가져가기까지 했다. 어깨에 바주카포처럼 카세트를 짊어진 흑인을 마이클 잭슨 뮤직비디오에서 보았던 것이다. 왜인지 모르겠지만 동생 인형을 옷에 매달았다. 그리고 열심히 춤췄다. 〈난 알아요〉와 〈환상 속의 그대〉 두 곡을 연달아.

태양이 동쪽에서 떠오르고, 지구는 둥근 것과 같이 어머니 말씀은 늘 옳다. 그렇게 잘하는 건 아니었기에 별 반응은 없었지만 어쨌든 서태지와 아이들의 노래는 최고였기에 우린 모두 비교적 젊기에 썩 괜찮은 미래 같은 게 있을지도 모르기에 너나없이 즐겼다. 그래, 행복했으면 됐지 뭐. 이윽고 다른 팀의 공연이 있었고, 걔들이 준비한 것도 서태지와 아이들이었으며, 녀석들은 어깨에 카세트도 없이, 바지춤에 인형도 없이 춤을 아주 잘 췄다. 어쨌든 서태지와 아이들의 노래는 최고였으니까. 다만 방금까지 양군이었던 꼬마(나)는 악마의 연기 아래 잿더미 같은 상태가 되어 쓸쓸히 퇴각해야만 했다. 난 알았다.

내 환상 속 내 모습이 산산조각 나고 있음을. 때로 좋은 노래의 제목은 제목만으로도 모든 것을 설명한다.

하지만 누구라도 행복했으면 된 게 아니겠는가? 나는 서태지와 아이들이 없으면 죽을 것 같은 초등학생이었고, 그중 양현석에 열광하고 흠모했다. 제기되고 있는 논란과 해묵은 뉴스를 굳이 언급하고 싶지는 않다. 법은 종종 그게 별일 아니라는 식의 시그널을 주고는 한다. 그렇지만 그로 인해 빛나던 시절의 눈부심이 덜해진 건 분명한 사실이다. 그것은 분명한 별일이다. 심술궂은 질문도 하고 싶다. '악마의 연기'는 어디서 나는 거고, '아무도 안 믿어'야 할 사람은 누구인가? 킵식스의 활동 곡 제목은 〈나를 용서해〉다. 당사자, 연루된 자, 방관한 자 누구도 제대로 된 용서를 구하지 않는 사회에서 우리는 산다. 노래만 여기에 남아 입속에서 돌아다닌다. 여전히 흥얼거리게 된다.

#플레이리스트

서태지와 아이들
〈난 알아요〉

서태지와 아이들
〈환상 속의 그대〉

양현석
〈악마의 연기〉

양현석
〈아무도 안 믿어〉

양현석
〈약한 자가 패배하는 세상〉

킵식스
〈나를 용서해〉

영턱스클럽
〈정〉

영턱스클럽
〈못난이 콤플렉스〉

타세요, 루나버스

처음에는 과하다고 생각했다. 신사역 사거리 버스 정류장에 붙은 홍보물에서 그들을 처음 보았을 때, 그러니까 '이달의 소녀 희진'이라는 문구를 보았을 때, 나는 그것이 무엇인지 알 수 없었다. 심지어 성형외과의 신종 광고 기법인가? 하는 불민한 의문도 품었다. 이후 같은 자리에 달마다 새로운 멤버가 소개되었다. 그들은 '이달의 소녀'라는 새로운 걸 그룹이었다. 이름에 맞게 다달이 그달의 멤버가 공개되는 것이었는데, 그런 생각이 들었다. 월간 학습지도 아니고 구몬 선생님도 아니고… 좀 피곤하겠네, 이 그룹.

실제로 이달의 소녀를 온 마음으로 지지하려면 꽤 공부가 필요하다. 그리고 나는 그 공부가 즐거웠다. 한 달에 한 명씩 멤버가 세상에 나오는 셈이니 전체 구성이 완성되는 데에는 산술적으로 1년이 소요되지만 그사이에 새로운 멤버를 구성하고 유닛 앨범을 발표하는 등의 프로모션으로 열두 명의 면면이 모두 공개되기까지는 18개월이 걸렸다. 그들을 모두 모은 완전체는 2018년 8월 단독 콘서트에서야 모습을 드러낸다. 동시에 발매한 앨범의 주요 활동곡이 〈Hi High〉와 〈favOriTe〉다. 이달의 소녀라는 우리말 그룹 이름은 초성을 재배열한 디자인적 변형으로 'LOONA'로 읽을 수 있으며, 이는 이달의 소녀의 다른 이름이자 해외에서의 정식 명칭이기도 하다. 열두 명의 멤버는 모두 상징 동물과 상징색이 있다. 희진은 토끼, 츄는 펭귄… 이런 식인데 올리비아 혜의 상징 동물 늑대는 최근 활동곡 〈Why Not?〉의 뮤직비디오에서 스치듯 등장하기도 한다. 유닛으로는 '3/1', '오드아이써클', 'yyxy'가 있다. 이 그룹의 멤버 이름을 데뷔 순으로 일별하자면 다음과 같다. 희진, 현진, 하슬, 여진, 비비, 김립, 진솔, 최리, 이브, 츄, 고원, 올리비아 혜(하슬은 건강 문제로 활동을 쉬고 있다).

이런 걸 어찌 다 알았느냐고? 이달의 소녀는 월간 학습지나 구몬 선생님과는 달랐다. 어머니는 말씀하셨지. 공부를 그렇게 해봐라. 이달의 소녀와 친숙해지기 위해서는 약간의 공부가 필요했다. 이름을 외우고 콘셉트를 익히고, 거기에 익숙해지기까지 좀 피곤할 수도 있는데… 그럴 겨를도 없이 그들은 너무나 훌륭한 결과물을 내놓는다. 〈So What〉과 〈Why Not?〉에 이르기까지 앞선 역사를 알아야 현재의 성과가 더 잘 보인다. 콘셉트와 변화와 방향성을 가늠하면 이 콘텐츠를 더 즐겁게 만끽할 수 있다. 이달의 소녀는 공부를 필요로 한다. 어머니가 바라던 공부는 아니었을지라도.

사고는 〈Butterfly〉 뮤직비디오에서 일어났다. 아기자기한 세트에서 멤버들의 얼굴과 춤선을 보여주기 바쁜 신에 아이돌들의 천편일률적인 뮤직비디오와는 첫 장면에서부터 달랐다. 전작인 〈Hi High〉에서 보여준 '달리는 여성(혹은 소녀)'의 이미지는 최대로 확장된다. 피부색은 물론이고 히잡으로 상징되는 종교·문화적 차이까지 가뿐하게 뛰어넘는 '달리기'가 뮤직비디오의 처음이자 끝이었다. 세계 곳곳에서 달리고 춤추는 이들이 보이고, 그들은 당당하여 아름답다. 보는 사람마저 다음과 같은 선언을 하게 만드는 뮤직비디오다. 오늘부터 진짜 나를 찾겠다. 오늘부터 나를 더 사랑하겠다. 오늘부터 더 힘을 내겠다. 거기에 춤추듯 날아오르는 나비를 표현한 군무는 군더더기 없이 세련되고 형용 어렵게 아름답다. 〈Butterfly〉를 접하고 이 그룹의 앞을 공부하고 뒤를 기다리기 시작했다. 기다리는 사이 그들은 SNS에 NCT 127의 〈Cherry Bomb〉 등의 댄스 커버 영상을 올려 또한 화제가 된다. 이를 계기로 SM엔터테인먼트의 수장이자 아이돌 세계관의 권위자 이수만이 앨범 프로듀싱에 참여했다고 하니, 이달의 소녀가 만드는 세계관에는 하나 서툴고 허튼 것이 없이 무한한 가능성이 있을 뿐이다. 그 세계관을 루나버스(Loona+Universe)라고 부른다.

기획사와 아티스트는 팬들이 열광할 수 있는 세계관을 창조한다. 멤버는 타고난 재능과 끊임없는 연습으로 세계관에 자연스럽게 스며들고 콘셉트를 구현한다. 세계의 젊은이를 대상으로 하는 만큼, 메시지는 진보적이다. 유행의 첨단에 있어야 마땅할 '팝' 장르이므로 무엇보다 세련되어야 한다. 그럼에도 본거지는 이곳이기 때문에 적절하게 한국적이기도 해야 할 것이다. 이달의 소녀는 그 모든 것을 쟁취하려는 듯 열심이다. 대형 기획사가 아니라는 결점을 대형 세계관과 초대형 비전으로 해소한다. 진취적인 메시지로 해외 시장을 잡고, 완벽한 퍼포먼스로 내수 시장도 노린다. 그들은 성공할 수 있을까? 적어도 내게는 이미 성공이다. 아니, 대성공이다.

〈So What〉 무대를 몇 번이나 반복해서 보았다. 출근길 차에서도 물론 반복해서 들었는데, 음악이 나오면 머릿속에서 안무가 재생될 정도였다. 내적으로 춤을 추고 있는 것이다. 그렇게 한바탕 (마음속으로) 몸을 쓰고 나면, 그날 하루도 힘내서 보낼 수 있었다. 최근작 〈Why Not?〉도 마찬가지. 여러모로 완벽하고 세련되고 멋지고 훌륭한 그들을 보고 나면,

세상에서 가장 좋은 것을 보았다는 자부심에 휩싸인다. 좋은 것을 보는 행복함이 좋은 하루를 시작할 수 있게 한다. 처음에는 과하다고 생각했다. 지금은 과분하다고 생각한다. 케이팝의 완벽함이, 그 완벽함이 선사하는 충만함까지 모두, 다.

#플레이리스트

이달의 소녀
⟨favOriTe⟩

이달의 소녀
⟨Butterfly⟩

이달의 소녀
⟨So What⟩

이달의 소녀
⟨Why Not?⟩

이달의 소녀
⟨목소리⟩

이달의 소녀 츄
⟨Heart Attack⟩

이달의 소녀 올리비아 혜
⟨Egoist⟩

이달의 소녀 오드아이써클
⟨Girl Front⟩

됐어

3학년 1반은 중앙 정원 왼쪽 통로에 모였다. 두 손을 모아 깍지를 끼고 그 상태로 엎드렸다. 엎드려뻗쳐에도 단계가 있다. 1단계는 손바닥을 펼 수 있다. 2단계는 주먹을 쥐어야 한다. 3단계는 깍지를 끼는 것이고, 4단계는 손 대신 머리를 박는다. 깍지보다 머리가 더 나을 수도 있었다. 선생 말대로 돌대가리여서 그랬던 건 아니겠지. 깍지 낀 손으로 온몸의 무게를 지탱하면 손가락 피부가 벗겨지기도 했다. 머리로 온몸의 무게를 지탱하면 폭탄이 된 것만 같았다. 이러다 펑 터져버리는 건 아닐까? 진화 이전의 자세로 중력에 저항하고 있노라면 의문이 꼬리에 꼬리를 문다. 우리가 왜 이러고 있지? 지난 중간고사에서 꼴찌를 한 반이기 때문이다. 우리가 왜 이러고 있지? 담임이 얼차려를 지시했기 때문이다. 우리가 왜 이러고 있지? 늘 이래 왔기 때문이다.

K중학교에서의 기억은 좋지 않다. 사랑의 매라거나 열정적인 선생의 지도 방식 같은 것으로 미화되고 윤색될 차원의 폭력이 아니었다. 남자 고등학교와 남자 중학교가 같은 부지에 있었는데 두 학교 공히 S모 선생이 많았다. 특정 가문의 사립재단이었다는 뜻이다. 학교 뒷산에는 같은 성씨의 우두머리였던 자의 것으로 보이는 커다란 무덤이 있었다. 우

리는 가끔 묘의 잡초를 뽑아야 했다. 우리 중 일부는 묘 뒤에서 담배를 피우기도 했지만. 성이 무엇이든 간에 그곳의 선생은 학생을 개처럼 팼다. 그들이 개를 키웠다면 아마 개도 때렸을 것이다. 개를 때리다니, 나쁜 인간들 아닌가? 심지어 우리는 개도 아니었고, 그저 중학생이었는데 말이다. 그렇다고 개가 맞아야 한다는 건 아니다. 개도 중학생도 모두 맞을 이유가 없다. 왜 때리나, 왜 때렸나. 왜?

과목과 상관없이 거의 대부분의 선생이 심하게 매를 휘둘렀다. 도구를 사용하면 조금 인간적인 편이었고, 어떤 이는 손과 발로 때렸다(정글이야?). 언젠가 귀싸대기를 세게 맞은 적이 있는데, 이명이 그치지 않아 고통스러워하자 그가 수업이 끝나고 불러 매점에 가라고 몇천 원을 쥐여주었다. 매점에 가고 싶어서가 아니라, 안 받으면 또 맞을까 봐 두 손을 내밀 수밖에 없었다. 내 뺨을 때렸던 그의 손이 그 매를 막던 내 손에 닿았다. 스르륵. 이명은 곧 사라졌지만, 손이 닿았던 소리가, 실제로는 들리지도 않았을 그 소리가 며칠간 괴로움을 주었다. 스르륵. 뱀처럼. 스르륵.

운동장을 함께 쓰던 같은 재단의 K고등학교에서는 점심마다 학교 방송을 운영했다. 그날따라 노래는 서태지와 아이들 메들리였다. 방송반에 마니아가 있구나. 그 형은 방송부장일 테고 성적도 좋을 테고 선생한테 맞을 일도 덜 하겠지. 고등학교도 단체기합이라는 게 있을까. 서태지와 아이들의 노래 중 〈우리들만의 추억〉을 좋아한다. 그러나 이것은 추억이 아니다. 20분의 체벌 시간의 절반이 채 되지 않아 아이들은 개처럼 낑낑거렸다. 무릎을 땅에 대면 어디 있는지도 모를 담임의 목소리가 추상처럼 들렸다. 똑바로 해라. 다 보인다. 야 이 새끼야, 똑바로 안 해? 그런 말 사이로 서태지와 아이들의 목소리를 들으려 집중했다. 〈하여가〉를 지나 〈우리들만의 추억〉이 들리고 〈죽음의 늪〉이 나올 때는 좋아서인지 아파서인지 눈물이 나오려고 했다. 죽음의 늪이다, 여긴. 죽음의 늪지대에 두꺼비가 산다.

담임의 별명이 바로 두꺼비였다. 풍채와 얼굴을 보면 두꺼비가 왜 두꺼비인지 직관적으로 알게 된다. 두꺼비처럼 생겼다(두꺼비야 미안하다). 3학년에 올라가는 K중학교 아이들은 모두 1반이 되면 죽을 것처럼 굴었다. 반 배치 결과가 발표되는 날, 몸을 떨며 손을 모으고 중얼중얼 기도한다. 제발, 제발, 제발요. 대부분의 기복 신앙이 그렇듯, 기도는 실패했다. 그에게도 가정이 있고, 자식이 있고, 그의 인생에도 중학생 시절이 있고, 누구에 맞아 울던 시절이 있었을 테다. 하지만 그런 게 다 무엇이야. K고등학교 점심 방송 DJ는 이제 피치를 더욱 올렸다. 〈발해를 꿈꾸며〉였다. 그래 나의 소원은 모르겠지만 우리의 소원은 뭐니 뭐니 해도 통일이겠지. 그리고 지금 소원은 이 지긋지긋한 땅바닥에서 멀어지는 것이다. K중학교의 광기를 설명할 방법이 없다. 성적이 안 나온다고, 수업 시간에 집중을 못 한다고, 지정된 업체에서 도시락 주문을 하지 않는다고, 심지어 인사를 제대로 안 한다고 선생은 학생을 팼고, 아무렇게나 자행되는 폭력을 목격한 아이들은 배운 걸 현장에서 써먹었다. 때리는 친구와 맞는 친구가 생겨났다. 그 와중에 다음 노래는 〈아이들의 눈으로〉.

DJ는 그 노래를 넘겨버리고, 〈교실 이데아〉를 틀었다. 오래 엎드려 있으니 머리에 피가 몰렸다. 지금 나오는 노래를 거꾸로 틀면 "피가 모자라"라는 소리가 들린다는 소문이 있었다. 악마 숭배자라는 의심을 받는 이의 명곡이 시작되었다. 아마도 마지막 노래일 테니 우리들의 추억 아니, 깍지도 끝이 보이는 셈이다. 단체 기합을 받는 까까머리 중학생들의 낑낑거리는 신음 사이에서 크래쉬의 목소리가 웅장하게 지면을 두드렸다. 그러게, 왜 바꾸지도 않고 이렇게 엎드려 있는 걸까? 뭘 바꾸지 못해서 우리가 이러고 있는 걸까? 누가 바뀌어야 하는 걸까? 중학생인 우리가? 이대로 가만히 기합을 견딘 채 어른이 되어 좋은 대학에 가고 좋은 데 취직한 후에? 독 같은 폭력을 발산하는 두꺼비는 바로 지금의 이야기인데?

어디선가 우는 듯한 속삭임이 들려왔다. "됐어." 또 들린다. "됐어." 이건 서태지와 크래쉬만의 목소리는 아니다. "됐어." 목소리는 서서히 여럿이 되었다. "됐어." 이윽고 조용한 합(떼)창이 되었다. "됐어." 됐어. 됐어. 진짜 됐어. 정말로 됐어.

'됐어 사건' 이후 우리가 정말 어떻게 되었는지는 기억나지 않는다. 아니, 우리는 그냥 이렇게 되었다. 폭력을 적당히 묵인하는 남중 출신 사내. 그렇게 배웠기 때문이다. 그래서 이 모양 이 꼴인 게 자연스럽다. 그래서 좋은가? 그래서 25년이 지난 지금까지도 그때 그곳의 선생들을 용서하지 못한다. 그래서 지옥에 갔으면 좋겠다고 생각한다. 그래서,

…아니다. 됐다.

#플레이리스트

서태지와 아이들
〈교실 이데아〉

서태지와 아이들
〈발해를 꿈꾸며〉

서태지와 아이들
〈우리들만의 추억〉

서태지와 아이들
〈죽음의 늪〉

서태지와 아이들
〈내 모든 것〉

서태지와 아이들
〈1996, 그들이 지구를 지배했을 때〉

서태지와 아이들
〈시대유감(時代遺憾)〉

서태지와 아이들
〈Come Back Home〉

시간의 바깥에서 만나

호르몬의 문제일까. 종종 뜬금없이 운다. 오늘 아침에는 아이유의 노래를 들으며 울었다. 미니 앨범 《Love Poem》의 리스트는 복되고 영롱했다. 특히 〈시간의 바깥〉은 눈물이 나도록 좋았다. 이런 문장은 보통 은유법이거나 과장에 불과해야 맞을 텐데, 운전대를 잡은 채로 충혈되는 눈을 내버려둔 것이다. 이유 없이 울고 싶은 날도 있지. 그날이 오늘이라고 이상할 일은 아니겠지. 오늘 같은 날이 매일이라 해도 삶은 어색할 일 없다. 사는 일은 우는 일에 가깝다. 달라질 건 없다. 슬픔은 다시 차오르기 마련이니까. 하지만 울지 않는다면, 오늘과 다를 것 없을 내일을 맞이할 용기를 얻기 힘들 것이다. 울지 않는다면, 차오르는 슬픔을 덜어낼 방법이 없을 것이다. 울지 않는다면, 아무것도. 아무도, 울지 않는다면.

〈시간의 바깥〉은 재생 시간이 5분이나 되어 벌겋게 된 눈에서 무언가 떨어지기까지 충분한 시간을 제공한다. 내비게이션을 켜고 막히는 길에 있으면 시간에 완전히 속박되는 꼴이다. 예상 도착 시간과 현재 시간, 길에서 허비한 시간과 그러므로 더욱 바삐 움직여야 할 시간에 갇혀 옴짝달싹 못 하게 된다. 보통 그럴 때는 카라의 〈루팡〉이나 〈점핑〉 같은 노래를 듣는 게 도움이 된다. 말하자면 아이유의 〈시간의 바깥〉이나 〈Love Poem〉과는 반대편에 있는 리스트인데, 인간에게는 슬픔만큼의 기쁨은 물론 없지만 슬픔만큼의 리듬이라는 게 있어서, 아무래도 출근길에는 센티멘털보다는 흥겨움이 낫기 때문이다. 그게 졸음운전 방지에도 도움이 된다. 그런 걸 듣다 아이유 신보 생각이 나서 플레이리스트를 바꾸는 것이다. 차는 여전히 가양대교 앞에서 가는 듯 안 가는 듯 하고.

　〈시간의 바깥〉은 결국 시간을 거슬러 예상하지 못한 데로 나를 데려갔는데, 그곳은 천지가 고무장갑이었다. 구하라는 카라에 뒤늦게 합류했다. 내게는 핑클과 젝스키스를 좋아했던 1990년대 후반의 기억이 강하게 남아 있고 자연스레 카라에게도 관심을 기울였던바, 그룹을 띄우기 위해 스타크래프트 하이라이트 프로그램을 포함한 온갖 예능에 출연해 갖은 애를 쓰던 한승연이 먼저 보였다. 니콜은 한국어에 서투른 외국인의 말투를 귀여워하는, 다분히 국수적이며 인종주의적인 예능에서 두각을 보였다. 여하튼 대중의 관심을 얻어내는 데 성공한 카라는 〈Rock U〉와 〈하니〉로 이름을 알리고, 정규 앨범 《Revolution》의 수록곡 〈미스터〉를 통해 케이팝의 대표가 된다. 쓰고 보니 간단해서 난감하다. 출근과

퇴근처럼. 거의 별일 없고 가끔 환희하는 삶처럼.

　　카라의 전성기를 예고한 노래 〈Pretty Girl〉의 무대에서 구하라는 다른 멤버처럼 웃었다. 무대 아래에는 카라의 원년 멤버를 지지하는 남성 팬 다수가 손에 고무장갑을 끼고 있었다. 노래의 하이라이트 부분이자 결정적 추임새라 할 수 있는 부분에서 그들은 고무장갑 낀 손을 들어 박자에 맞춰 흔들었다. 장관이자 절경…까지는 당연히 아니고, 피식 웃겼다. 그리고 왠지 짠했다. 가까스로 거기에 오기까지 카라의 노력을 알기 때문에. 한류 아이돌 중에서도 단연 톱스타이자 예기치 않은 스캔들의 당사자이며 추접한 폭력과 터무니없는 2차 가해의 피해자인 그는 그때 그 무대 위에 있었다. 누가 봐도 성공의 시작을 알리는 듯한 무대에서 팬들을 향해 손을 흔들었다. 다섯 멤버 모두 매력이 있었지만, 구하라는 뭔가 조금 달랐다. 귀엽다, 청순하다, 섹시하다 중 하나로 수렴되지 않는 종류의 것이었다. 그냥 구하라, 라고 말할 수밖에 없는 무엇이었다.

　　십수 년 전 〈SBS 인기가요〉에서 우연히 본 장면 때문에 눈시울이 붉어져도 되는 건가? 이렇게나 뜬금없어도 되나? 역시 호르몬의 문제일까? 아이유의 목소리는 호르몬보다 더한 호르몬이어서, 이걸

멈춰야 할 이유를 못 찾게 했다. 이제 볼 수 없지 않나. 이제 들을 수 없지 않은가. 구하라의 춤과 노래를. 구하라의 새로운 활동을. 우리는 가수 구하라의 앞날을 볼 기회를 잃어버렸다. 무엇보다 고무장갑 군단 앞에서 환히 웃던 아티스트가 불과 10년 뒤 생의 마지막 날을 앞두고 겪었을 고통을 떠올리면 더욱 아팠다. 죄를 진 것 같기도 하다.

　　한남대교를 건널 즈음이 되어서야 '시간의 안쪽'으로 돌아올 수 있었다. 정신 차려야지. 오른쪽 뺨을 가볍게 치고, 마른세수를 해본다. 오늘도 굉장히 지겨울 텐데, 어디 가서 고무장갑 낀 손을 박자에 따라 흔들 수만 있다면 신나는 하루가 될 법도 한데, 그럴 일은 이제 없다. 그건 잠깐의 환희였고, 그것의 몇 배가 되는 침잠이, 영원에 가까운 가라앉음이 우리 앞에 있을 뿐이다. 그곳에 먼저 간 이들이 있다. 노래를 부르고 춤을 추던 이들 중에 그 길을 서두르는 이들이 있다. 구하라가 그랬고, 설리가 그랬고, 종현이 그랬다. 노래 안에서 그들은 시간의 바깥에 머무르는 듯 빛이 나는데, 그 빛이 사라지고 없음을 믿을 도리가 없어 고개를 흔들게 된다.

　　고인의 명복을 빈다.

#플레이리스트

아이유
〈시간의 바깥〉

아이유
〈Love Poem〉

카라
〈Pretty Girl〉

카라
〈루팡〉

카라
〈점핑〉

카라
〈미스터〉

설리
〈고블린(Goblin)〉

종현
〈하루의 끝(End of a day)〉

누리단 캠프에서 들었던
여름 노래를 기억하고말고

K중학교에서의 험난한 시간을 견딜 수 있게 도와준 게 어쨌든 시간은 흐르기 마련이라는 물리학적 사실을 제외하고 몇 가지가 있다.

먼저 농구. 잡지 《루키》를 정기구독했다. 농구 황제 마이클 조던은 물론이고 하위 팀의 식스맨까지 NBA 선수 이름을 달달 외우면서 언젠가 시카고나 LA에서 직접 그들을 보는 꿈을 꿨고, 농구대잔치를 보면서는 너는 연대 나는 고대, 괜한 진로를 결정해보았으며 〈마지막 승부〉 주제가를 흥얼거리며 농구를 잘하면 멋진 연애도 보장되는 게 아닐까 기대도 키웠다. 하나같이 된 게 없다. 첨부터 내 것은 없는 거라 하더니, 시간이 지나도 내 것이 별로 없는 인생사가 아닐 수 없다.

농구가 집단 기억이라면 '누리단'은 개인 체험이다. 전국의 누리단이 들으면 섭섭해할 일이겠으나, 중학교 때 누리단이었노라, 하는 사람을 주변에서 만난 적이 없다(혹시 샤이 누리단이 있으면 슬며시 DM 주세요). 내가 아는 유일한 누리단 단원으로서 나는, 오른팔을 직각으로 들어 손가락을 세 개 펴고, 선언할 수 있다. 나는 누리단이었고, 심지어 매해 덕유산 캠핑에서만큼은 꽤 즐거운 누리단원이었다고.

덕유산 국립공원 캠핑장에는 전국 청소년 연맹

중학부(누리단) 학생들을 모아놓고 그늘 하나 없는 곳에서 총재라는 양반의 일장 연설이 한창이었다. 그해에는 기록적인 가뭄과 폭염이 손을 잡고 한반도에 놀러 왔다. 덕유산도 한반도여서 그 기록을 피해가지 못했는데, 엄청난 열기 속에서 결단식은 열렸다. 대상은 중학생에 불과했는데 캠프의 주제가 양담배 척결이었던 게 지금까지도 의아하지만 호랑이가 담배 물던 시절의 이야기라고 생각하자. 아이들 몇이 일사병으로 픽픽 쓰러져도 정해진 행사는 계속되었다. 노래라도 있었으면 나았을 텐데, 그런 건 없었고 학생들은 속으로 각자 좋아하는 노래를 중얼거리며 그 뜨거운 시간을 견뎠다. 첫해의 사고 덕인지 다음 해부터 결단식은 꽤나 단축…되지 않았고 쓰러지는 친구들은 3년 내내 있었다. 요즘 애들은 정신력이 문제라는 말도 3년 내내 들었다. 지옥에서 온 결단식이 끝나고부터는 괜찮았다. 곳곳에 설치된 스피커에서는 공지 사항을 전할 때를 제외하고는 내내 인기가요가 흘러나왔다.

1994년 캠핑에서는 김건모의 〈핑계〉, 투투의 〈1과 2분의 1〉이 스피커의 18번이었다. 특별히 기억나는 노래는 강산에의 〈넌 할 수 있어〉다. 설치 중에 부서지고 무너지길 반복하던 텐트가 이 노래가 나오자 마침 완성되었다. 라디오에서 방송되는 노래를 녹음한 테이프를 반복 재생하며 가사를 옮겨 적기도 했다. 되는 게 없던 때였는데, 결국 뭔가 되었다면 강산에의 노래 덕분임을, 25년이 지나 고백할 수 있어 기쁘다. 그와 대척점에 있는 노래는 DJ DOC(그 때는 '디제이덕'이라고 불렀다)의 〈머피의 법칙〉이다. 그해 여름은 대단히 더웠고 게다가 가뭄이었다. 캠핑인데 흐르는 물을 쓰지 못하고 통에 받아 썼다. 어떻게 3박 4일을 지냈는지 모르겠다. 실제로 1학년에 불과했기에 아는 게 없었다. 2, 3학년 형들이 꾸준하고 집요하게 심부름을 시켜댔고, 첫날에는 이유 모를 단체 기합이 있었지만, 모르겠다. 그래도 덕유산의 열네 살은 즐거웠다.

1995년 캠핑은 룰라가 지배했다. 다들 '날개 잃은 천사'가 된 듯 굴었다. 어지간한 아이들은 엉덩이를 썰룩대다 박자에 맞춰 골반을 쳤다. 머리에 수건을 두르고, 일부러 얼굴 피부를 태웠다. 당시에는 카리스마로 무장한 싱어송라이터이자 개성 있는 래퍼였던 이상민은 시간이 흐른 오늘날에는 '미운 우리 새끼'이자 '아는 형님'으로 거듭났으며… 다른 남자 멤버들에 대해서는 말하지 않는 편이 낫겠다. 김건모의 〈핑계〉를 흥얼거리던 친구들도 많았다. 밀리

언셀러의 상징과도 같았던 그의 현재 모습은… 역시 언급하지 않는 게 좋겠다. 한 시대를 풍미했던 가수들이 무슨 연유로 불현듯 사라지는 걸까. 그것은 그들의 사정이다. 가끔은, 이럴 때 특히 인정사정 봐주지 않는 사람이 되고 싶다. 하지만 노래는 몸속 이름 붙이지 못한 장기 한구석에 숨어 이따금 등장한다. 하필이면 그때 그를 진정으로 좋아했던 나의 모습이 되어 돌아온다. 그러니까 노래는 기억을 불러오는 주술과 다름없는 것이다. 중학교 2학년은 대체로 용감하고 대책 없고 삐딱하고 뜨거워서 무슨 기억이든 아주 오래 머리와 몸에 남기 마련이다. 그러니까 열다섯 살에게는 실수하지 않는 게 좋다.

1996년 캠핑에서도 다시 룰라였다. 1년 사이에 룰라에게 많은 일이 일어났고, 다시 잘해 본다는 의미에서 그들은 〈3! 4!〉를 외쳤던 것 같다. (몰랐다고는 하지만) 이웃 나라 히트곡을 표절한 죄과치고는 너무 빠른 복귀 아닌가 하는 의문에도 불구하고, 그들의 복귀는 성공적이었다. 룰라의 극적인 부활에 프로듀서 이현도의 천재성이 많은 공헌을 했음은 두말할 것 없다. 그해부터 조금씩 덕이 아닌 디오씨라 불리기 시작한 DJ DOC는 스테레오타입의 연애담을 충실히 가사로 쓴 히트곡을 연달아 냈다. 제목에서부터 이야기꾼의 면모가 엿보이는 〈겨울 이야기〉에 이어 〈여름 이야기〉까지 크게 히트했고, 그해 덕유산 스피커를 점령했음은 물론이다. 중학교 3학년이던 나는 고교 입학시험에 써야 할 암기력을 한때 나이트클럽 DJ들에게 일어났을 법한 겨울과 여름의 연애 스토리를 외우느라 다 썼다. 이야기들의 결말은 〈나의 성공담〉에서 확인할 수 있다. 대충 지은 제목에서 알 수 있듯, 해피엔딩이다. 열여섯 살에게는 해피엔딩이 가능했을까. 그들에게서 말미암은 용기를 바탕으로 덕유산에 온 여중생과 미팅을 시도했다. 결과는 노래와 달랐다. 노래는 노래다.

그때 덕유산에 모인 꽤 많은 수의 중학생들은 이제 마흔에 접어들었겠다. 덕유산에서 찍은 사진 하나 남아 있지 않고, 같은 텐트에서 잤던 친구들 이름도 기억나지 않고, 덕유산이든 누리단이든 청소년연맹이든 캠핑이든 무엇을 검색해도 1바이트의 값조차 모니터에 뜨지 않는다. 덕유산 캠핑의 추억은 내 착각과 망각이 만든 환상에 불과한 걸까? 기억의 오류가 하늘에 띄운 불꽃놀이인가? 아니 전혀, 절대로 그럴 수 없지. 나는 그 산에서 들은 노래를 기억하니까. 노래가 없으면 그날도 없었다. 노래는 노래지만, 이렇게 노래는 지난 삶 그 자체가 되어 실존한다. 그리고 여름이면 어김없이 떠올라 괴이한 주술을 부린다. 어쩔 수 없게 홀린 듯 그 주문에 따라, 여름 며칠 견뎌보는 것이다.

　　(그러니까 그 여름의 누리단 여러분은 DM을 주세요.)

#플레이리스트

투투
〈1과 2분의 1〉

강산에
〈넌 할 수 있어〉

룰라
〈날개 잃은 천사〉

룰라
〈3! 4!〉

DJ DOC
〈여름 이야기〉

DJ DOC
〈겨울 이야기〉

DJ DOC
〈머피의 법칙〉

김건모
〈핑계〉

밀림의 새로운 왕

내가 팀원이라면 (여자)아이들의 소연 같은 사람이 팀장이면 좋겠다. 내가 팀장이라면 응당 소연 같은 사람이 되어야 할 것이다. 팀원들의 개성과 장점을 잘 파악하고, 거기에서 비롯된 기획으로 프로젝트를 성사하고, 그 과정을 팀원과 자세히 공유하며 성과는 성과대로 나눈다. 〈퀸덤〉에서 (여자)아이들과 리더 소연이 그랬다. 박봄, AOA, 마마무, 러블리즈, 오마이걸, (여자)아이들이 동시에 출연한 경연 프로그램 〈퀸덤〉은 현장 투표와 온라인 음원 차트, 생방송 문자 투표 같은 것으로 '순위'를 매긴다는 점에서 해당 방송사의 시그니처라 할 수 있는 오디션을 떠오르게 했다. 이미 완성된 여성 아이돌의 경쟁이라는 점에서는 '캣파이트'를 부추겨 눈요깃거리로 삼으려 한다는 의심을 지울 수 없었다. 방송이 끝난 후, 기우임이 밝혀졌으니, 그 공로의 대부분은 여섯 팀의 출연진에게 있다. 그중에서도 (여자)아이들의 무대 몇몇은 지금 케이팝의 최전선에 누가 서 있는지 여실히 보여주는 증표와 같았다. 그래, 거기에는 (여자)아이들이 서 있다.

(여자)아이들은 첫 경연에서 데뷔곡 〈LATATA〉를 주술적이고 신비한 방식으로 편곡해 1위를 차지했음은 물론 순위와 상관없이 회차마다 다른 개성의

무대를 선보였다. 그들의 숨겨진 명곡이었던 〈싫다고 말해〉를 통해서는 콘셉트를 정확히 이해한 표정 연기와 무대 연출로 다시 한번 놀라움을 선사했다. 절정은 아무래도 마지막 경연곡이었던 〈LION〉 무대라고 할 수 있을 것이다. 순위와 관계없이 케이블 방송사 특유의 방송 취지를 역전해버린 여성 아이돌의 포부를 '사자'로 표현해낸 것도 탁월했을 뿐만 아니라, 대담하고 변화무쌍한 흐름의 음악 자체도 근래 보기 드물게 훌륭했다. 이미 놀라고 있는 와중에 더욱 놀랄 일은 (여자)아이들의 성과가 멤버 '소연'의 기획으로 비롯되었다는 사실이다. 3분 동안의 무대만 볼 수 있었던 여타의 음악 프로그램과 달리 〈퀸덤〉은 하나의 무대가 탄생하기까지의 과정을 비교적 상세히 전달하였고, 우리는 말로만 들었던 소연의 역할과 능력치를 두 눈으로 확인할 수 있었다.

(여자)아이들은 대형 기획사(큐브)가 오래 공들인 팀이라는 사실을 감안하더라도 시작 단계에서부터 이미 좋은 성적을 기록한 그룹이다. (여자)아이들은 〈LATATA〉로 곧바로 1위에 올랐고 이후 발표하는 노래마다 음원 사이트와 음악 방송을 가리지 않고 앞 순위에 자리를 잡는다. 청순함과 섹시함 그 어디에도 속하지 않는, 그럼에도 모두를 포

괄하는 이 그룹의 매력은 뒤이은 히트곡 〈한(一)〉
과 〈Senorita〉에 이르러서 더욱 도드라진다. 1997년
생부터 2000년생까지로 구성된 팀이지만 '유혹'과
'이별'의 감정 표현 모두 능수능란했으며, 여섯 명이
채우는 무대의 장악력 또한 남달랐다. 이러한 남다
름은 역시 조금은 다른 활동 변경에까지 가닿는데,
게임 '리그 오브 레전드'에서 가상 캐릭터 역할을 맡
고, 론칭 영상 주제곡을 부른 것도 그에 해당한다.

　　〈Uh-Oh〉에서의 도전도 역시 성공적이었다. 그
들이 형상화한 뉴트로 감성은 억지스럽기는커녕 (여
자)아이들이 다룰 수 있는 음악과 콘셉트의 자유분
방함을 확인시켜주기에 충분했다. 에스닉에서부터
뉴트로까지 다양한 퍼포먼스는 그들을 '아이들'이라
고 부르기 주저하게 될 만큼 성숙하고 도발적이다.
능숙한데 새롭다. 예리하되 자연스럽다. 이 넓은 영
역의 기획자가 멤버인 소연이라는 데 이 그룹의 특
장점이 있다. 동료들을 뮤즈 삼아 그는 작곡과 작사,
랩메이킹과 콘셉트 설정까지, 프로듀서의 모든 영역
을 커버한다. 소연의 커버가 다른 멤버의 그늘이 되
는 건 아니다. 멤버의 장점을 최대치로 끌어내는 (천
재) 프로듀서의 능력은, 그렇게 장점을 찾은 아티스
트에게 자유를 주기 마련이다. 지금 (여자)아이들의

소연을 포함한 여섯 멤버는 모두 지극히 자유로워 보인다.

그들은 2020년 미니 앨범을 발표한다. 앨범을 채운 곡들의 흐름은 자기 믿음의 확실한 증거라고 할 만했다. 타이틀곡 〈Oh my god〉은 〈LION〉의 세계관을 이어나가며 동시에 은유적인 장치가 더 많아졌다. 보다 직설적이고 더 직관적이며 더욱 친근한 쪽으로 움직이는 여성 아이돌의 과감한 시도가 얼마나 귀한 것인지. 그 시도가 번번이 성공한다는 것 또한 얼마나 큰 의미인지. 세상 사람들 모두 알았으면 좋겠다. 마침 앨범명은 《I trust》. 지난 앨범의 이름이 《I am》, 《I made》였다는 것까지 우주 생명체들 전부 알고 모조리 소름 끼쳤으면 좋겠다. 'I 시리즈'를 정리하는 온라인 콘서트 이후 낸 기념 싱글은 심지어 《i'M THE TREND》라고 하니… 시방 나는 거의 온몸이 닭살인데, 당신은 어떤가.

〈LION〉은 경연곡으로는 이례적으로 뮤직비디오가 제작되었다. 영상을 통해 그들은 눈을 감거나 뜨는 것도 자신이고, 음악에 몸을 맡기는 것도 자신임을 천명한다. 빤한 리듬을 망쳐버리고 맹수의 춤사위를 바치는 주체도 자기 자신일 것이다. 자기 자신으로 존재하는 여성 아이돌이 나타났다. 밀림이 새로운 왕들을 글로 모실 때는 '(여자)아이들'로 써야 하지만, 감히 읽을 때는 '아이들'로 읽어야 한다. 여기서 아이의 뜻이 'Kid'는 아닐 것이다. 아마도 나(I)를 뜻하는 것이리라. 왕이 나타나셔서 나는 나라고 말씀하시는데, 그 누가 군소리를 달겠는가? 진짜가 나타났다. 지금 케이팝은 곧, (여자)아이들이다. 그리고 소연은 팀장급이 아니다. 팀장, 그 이상이다. 예컨대 사장. 기어코 사장. 아무튼 보스.

#플레이리스트

(여자)아이들
〈Uh-Oh〉

(여자)아이들
〈LION〉

(여자)아이들
〈Oh my god〉

(여자)아이들
〈사랑해〉

(여자)아이들
〈한(一)〉

(여자)아이들
〈Senorita〉

(여자)아이들, Madison Beer, Jaira Burns, K/DA,
League of Legends
〈POP/STARS〉

슬기, 신비, 청하, 소연
〈Wow Thing〉

여전히 뛰고 있는지

《뷰》와 《주니어》를 즐겨 읽었다. 1990년대 청소년 잡지인데, 학교 앞 서점에서 참고서나 문제집 살 돈으로 사고는 했다. 그럼 참고서랑 문제집은 어떻게 했더라? 알 수 없다. 그런 것까지 기억하는 사람이 있나? 어쨌든 둘 중 하나에서 읽었을 것이다. 떠오르는 신예 S.E.S.의 인터뷰였다. 기억나는 대로 쓰자면 아래와 같다.

Q. 지방 공연도 많이 가시죠. 기억에 남는 에피소드가 있었나요?
A. 광주에서 있었던 공개방송이었어요. 공연이 끝나고 차를 타고 체육관을 빠져나오는데 너무나 많은 분들이 쫓아오시는 거예요. 위험하기도 해서 걱정이 됐는데, 그중 어떤 분들은 정말 끝까지 쫓아오셨어요. 쉬지도 않고요. 조금 무서웠죠(웃음).

내가 문제집의 내용은커녕 그걸 샀는지 빌렸는지조차 기억하지 못해도 저 인터뷰 내용은 확실히 기억한다. 저거, 저거, 저거… 친구들과 나였을 것 같아 그렇다.

〈충전 100% 쇼〉에서의 〈I'm Your Girl〉 첫

무대가 우리를 그렇게 만들었다. 그날 야간 자율학습을 앞둔 남자 고등학교 교실에 넘실거리기 마련인 파괴적이고 충동적 파토스가 하얀 옷을 입은 요정 셋의 미소에 차분히 가라앉았다. 우리 또래인 것 같은데 나이의 구분이란 게 의미 없어지고, 댄스곡인 것 같은데, 장르의 구별이란 것도 쓸모없었다. 특히 주말마다 만나는 성당 친구 셋의 사랑은 신앙심과 반비례해 더욱 커져만 갔는데, 서태지와 아이들의 충격적 은퇴 이후 짧게나마 제이팝과 빌보드차트에 관심이 생긴 나로서는 그 박자를 쉽사리 이해하기 어려웠으나… 사실 S.E.S.를 흠모하는 남고생의 마음을 이해하지 않는 마음이 더 이해 불가능의 영역에 가까운 것도 사실이었다.

공개방송은 물론 친구의 제안으로 가게 된 것이었다. S.E.S.의 무대 뒤로는 R.ef와 솔리드의 무대가 남아 있었는데, 친구들의 진심은 가차 없었다. 남은 공연을 뒤로하고 체육관에 차가 드나들 수 있는 유일한 통로로 먼저 나갔다. 거기엔 우리 같은 녀석들이 발을 동동대고 있었다. 가수들을 보았다는 열기를 겨울의 한기가 서서히 잠식해갈 때, S.E.S.가 타고 있는 것으로 추정되는 차량이 나타났다. 검은색 승용차였다. 나는 그게 S.E.S.인지도 잘 모르겠건만, 눈썰미 좋은 친구가 분명하다며 먼저 달리기 시작했다. 염주체육관 정문에서 염주사거리까지 내처 뛰었다(동향들만 알아듣겠지만 그냥 쓴다. 유독 서울의 거리명만 책에 턱턱 등장할 이유는 없지 싶다). 교통 혼잡에 재빠르게 그곳을 빠져나가지 못한 차를 우리는 맹렬히 쫓았고, 이윽고 신호에 차가 멈춰 섰을 때 차창에까지 접근할 수 있었다. 친구들과 같이 달리면서도 지금 이게 뭐 하는 짓이지, 십대의 폐활량을 이렇게 써버릴 일인가, 그냥 친구들과 좋은 추억 하나 남기는 셈 치자, 저기에 가수가 탔을 리가 있을까 하는 별별 생각을 다 했는데, 코앞에 S.E.S.가 앉아 있는 걸 보니 모두 잊었다. 세상에, 무슨 일이 일어나고 있나요.

앞의 인터뷰는 내가 핑클의 팬이 된 계기 비슷한 게 되어버렸는데, 사실 조금 삐친 것이었다. 좋아해서 힘들게 달렸는데, 차창에서 우리는 별짓도 안 했는데, 그나마 매니저가 내려 저리 가라고 해서 진짜 저리로 갔는데(조금 무서웠던 것이다), 쌩 하니 가는 차 뒤에서 응원의 하트까지 날렸건만! 그러나 돌이켜보니 우리는 즉흥적 사생팬에 불과했다. 무대에서는 완연한 가수이지만 무대 아래에서는 한 명의 인간일 뿐이고, 그는 십대 청소년이거나, 꽘이나 일본에서 한국으로 넘어온 지 얼마 안 된 여자아이일 수도 있다. 무서웠겠지. 매니저의 손짓이 무서웠던 것만큼. 혹은 그 이상. 미안합니다. 그때 저희가 철은 없고, 체력은 넘쳐서 그만. 그럼에도 불구하고 바다는 손을 흔들어줬다. 기억하지 못하겠지? 하지만 괜찮다. 어쩌면 그들에게 팬과 인기는 문제집이나 참고서 같은 존재일 것이니. 잘 풀어 성장해야 했을 테니까. 어떤 문제는 잊고 싶을 만큼 귀찮고 싫었을 테니까. 어떤 문제는 쉽고 어떤 문제는 어려웠을 테니까.

얼마 있지 않아 핑클이 데뷔했고, 그 인터뷰에 삐쳐 있던 마음은 새로운 걸 그룹에게 급속도로 기울었다. 자유를 억압하는 모든 것을 다 죽여버린다는 대단한 포부가 그들에게 있었다. 알려져 있다시피 핑클의 표기는 Fin.K.L이고, 풀어 쓰면 Fine Killing Liberty이다. 자유를 억압하는 것들은커녕 벌레 한 마리 죽이기 어려울 듯한 청순한 여자 친구가 핑클의 초기 콘셉트였다. 〈블루 레인〉의 미적지근한 반응을 〈내 남자 친구에게〉로 일거에 뒤집었다. 같은 앨범의 〈루비〉, 뒤이은 앨범의 〈영원한 사랑〉과 〈자존심〉까지 핑클의 활약은 S.E.S. 못지않게 이어져, 명실상부 라이벌이라 부를 만했다. 핑클은 당시

십대 남자들이 세상 물정 모르고 어디선가 만날 수 있으리라 믿었던 여성의 모습을 표현한 것 같다. (엘프 같은) 요정 S.E.S와 (완전 예쁜) 여자 친구 핑클, 둘 중 하나를 선택할 수 있는 건, 우리에게 주어진 과분한 복지였던 셈이다. 그리고 나는 B$^+$ 감성에 의해 이진의 사진을 모으는 복지를 누렸다. 감사해요, 이진 누나. 나랑 한 살 차이밖에 안 나지만.

　　염주동을 함께 뜀박질했던 친구 셋 중 하나만 연락이 되고 하나는 연락처만 알고 하나는 연락이 안 된다. 이제 우리 누구도 그날의 우리처럼 뛰지는 못하겠지. 뛰든 걷든 잠시 쉬든 우리는 그저 각자 삶에 주어진 문제지 풀기에 골똘할 것이다. 그런 것까지 기억하면서, 어떤 것은 잊으면서.

#플레이리스트

S.E.S.
〈I'm Your Girl〉

S.E.S.
〈Oh, my love〉

S.E.S.
〈Dreams Come True〉

S.E.S.
〈감싸 안으며(Show Me Your Love)〉

핑클
〈루비〉

핑클
〈영원한 사랑〉

핑클
〈내 남자친구에게〉

핑클
〈Now〉

프로 오누이의 항해 일지

내게는 세 살 터울의 여동생이 있다. 악동뮤지션을 보면서 이런 상상을 몇 번 해봤다. 동생이랑 노래방에서 듀엣곡을 부를 수 있을까? 애절한 사랑 노래를? 화음을 맞춰가면서? 글쎄 누가 상당한 액수의 돈을 준다면 도전이야 해볼 수 있겠지만, 어지간하면 하고 싶지 않다. 동생과는 둘이 있으면 약간 어색하기까지 한데, 우리 둘의 어색함을 풀어주는 동생의 조카 그러니까 나의 딸들이 있어 얼마나 다행인지 모른다. 그런 동생과 노래라니, 말도 안 되지. 둘이서 노래방에 간 적도 없다. 가려고 생각한 적도 없다. 앞으로도 그럴 것만 같고.

악동뮤지션의 가장 프로다운 지점은 오빠와 동생이 사랑 노래를 한다는 데에 있다. 처음부터 그랬던 것은 아니다. 사람 많은 전철에서 다리를 벌리거나 꼬고 앉아 있는 사람을 보면 악동뮤지션의 시작을 알린 노래 〈다리 꼬지 마〉를 흥얼거리게 된다. 〈200%〉, 〈사람들이 움직이는 게〉, 〈리얼리티〉, 〈DINOSAUR〉 등은 주로 십대 청소년의 발랄함과 엉뚱함, 재치를 그린다. 어른의 세계에 진입하기를 망설이는 십대의 의구심과 상실감이라든지 지금보다 더 어린 시절을 추억하는 어린 낭만 같은 것들이 깃들어 있다. 뭐, 이 정도면 오누이가 입을 맞춰 노래

할 수 있는 수준의 주제라고나 할까.

　이제는 사라진 오디션 프로그램을 통해 데뷔한 악동뮤지션은 가요계에 흔치 않은 오누이 듀오로서 멤버 각자가 노래 만들기와 노래하기에 특화되어 있다는 장점이 있다. 내는 곡마다 음원 차트 앞쪽에 줄을 세우며, 다수의 히트곡을 이미 갖고 있다. 멤버 구성상 돌연 해체한다거나 하는 일도 없을 것이다. 팬으로서의 단 한 가지 걱정은 이 그룹의 이름에 '악동'이라는 명사가 어울리느냐 하는 것이었다. 계약 기간이 끝났다고 해서 해체할 일도 없을 텐데, 찬혁은 군대에 다녀왔고, 수현도 이제 더는 십대가 아닌데, 데뷔 연차로 치면 어느 가요 프로그램에서는 가장 선배 노릇을 할 텐데… 언제까지 악동일 수 있을까. 언제까지 악동이려나.

　3집 앨범 《항해》는 다르다. 누구나 노래하는 사랑과 이별의 이야기에서부터 어른이 된 자신 앞에 놓인 잔잔한 동시에 광포한 바다를 노래한다. 이렇듯 전철의 매너 없는 인간들에게 〈다리 꼬지 마〉라고 일갈하던 악동들은 이제 와 〈어떻게 이별까지 사랑하겠어, 널 사랑하는 거지〉라고 이별을 맞이하는 뮤지션으로 한 차례 성장을 완료한 것이다.

　앨범 아트 및 각종 음원 사이트에 표기되듯 그

들은 이제 'AKMU'를 공식 명칭으로 사용하고 있다. 악동뮤지션의 줄임말이겠으나, 묘하게 '악동'이 빠진 느낌이다. 더 이상 어리지 않다는 선언처럼 들리기도 한다. AKMU, 네 글자 알파벳은 정규 3집 앨범 《항해》를 통해 비로소 완연한 이름으로 기능하게 되었다. 요컨대 그들은 악동에서 뮤지션으로 이동을 완료한 것이다. 기발하고 안정적인 프로듀싱에 정확하고 청아한 보컬을 겸비한 그룹이 이제야 뮤지션으로 보인다니 당연히 어불성설이다. 하지만 이번 앨범 전의 악동뮤지션과 이번 앨범 후의 AKMU는 분명 다를 것이다.

찬혁은 이번 앨범의 전반적인 프로듀싱과 함께 수록곡과 같은 제목의 소설 『물 만난 물고기』를 출간함으로써 다재다능한 예술가로서의 발자취를 남기기도 했다. 수현은 라디오 DJ로, 1인 방송 진행자로 다양한 활동을 능숙하게 해냈다. 그럼에도 불구하고 이들이 뮤지션으로 존재해야 하는 당위성은 이번 앨범 개개의 노래에서 더욱 분명해진다. 〈뱃노래〉에서 수현의 보컬은 대체 불가능한 목소리임을 증명하고, 〈달〉의 가사는 근래 어느 케이팝의 가사보다 시적이다. 〈밤 끝없는 밤〉은 편안한 목소리의 친구 같고 〈시간을 갖자〉는 각별한 사랑을 나눈 연인의 목소리 같다. 〈FREEDOM〉을 들으면 가슴이 두근거리는 걸 멈출 수가 없다.

그들이 발표한 거의 모든 음원이 그렇듯이 《항해》의 수록곡도 발표되자마자 차트의 윗줄을 점령했다. 음악에 그다지 신경을 쓰지 않는 카페나 패션 매장에 가면 실시간 인기곡을 틀어놓는 경우가 많은데 많은 경우 그 목소리는 귀에 들어오지 않고 공중으로 흩어져 사라진다. 하지만 AKMU는 다르다. 어느 장소에서건 수현의 목소리는 사람의 귀를 잡아끈다. 어떤 시간대이건 찬혁의 멜로디와 가사는 사람의 마음을 울린다. 이번 앨범은 특히나 그렇다. 이제 사회에 첫발을 내딛은 AKMU의 또래라면 더욱 그럴 것이다. 어떻게 시작해야 될는지, 어떻게 떠나야 할는지, 무엇으로부터 벗어나야 할는지 같이 고민할 뮤지션이 바로 여기에 있다. 그 이름은 AKMU다.

그들은 이제 본격적인 뮤지션으로, 풍부한 개성의 아티스트로 다음 차례의 성장을 준비하는 듯하다. '항해'를 기본 콘셉트로 한 타이틀곡 뮤직비디오에서 찬혁은 커다란 캔버스 앞에 서 있다. 수현은 빈 노트 위에 펜을 잡은 손을 올려둔 채 책상에 앉아 있다. 그들은 그림을 완성하지 못해, 글을 다 쓰지 못해 괴로워한다. 앨범 아트에서 디자인 요소로 쓰이기도 한 푸른색 회화 작품이 완성되고, 그들은 바다로 나아간다. 이 항해가 오래 지속되면 좋겠다. 파도와 폭우를 만날 수도 있겠지만 걱정할 것은 없다. 악동에서 뮤지션으로 변신을 완료한 그들은 항해 중에 새로운 동력과 해결책을 계속 얻을 것이므로.

십대 후반과 이십대 초반을 오롯이 같이 지낸 AKMU를 보면, 그 시절 가계(家系)의 폭풍과 재난에 전혀 버팀목이 되어주지 못했던 내 모습이 떠올라 동생에게 미안해진다. 그런데도 용케 별 탈 없는 오누이가 되어 있는 우리 모습에 다행함을 느낀다. 더 노력했던 건 동생인 것 같다. 이십대는커녕 사십대에 접어든 오빠와 삼십대 후반이 된 동생 사이지만, 우리의 '항해' 또한 한창이다. 우리도 항해하는 도중에 답을 찾고 길을 내겠지. AKMU가 발표할 앞으로의 노래들이 거기에 도움이 될 듯하다.

* 이후 그들 항해의 최전선은 최근 발표한 동생 이수현의 솔로 데뷔곡 〈ALIEN〉에서 확인할 수 있다. 세상에, 단박에 외계까지!

#플레이리스트

AKMU
〈사람들이 움직이는 게〉

AKMU
〈오랜 날 오랜 밤〉

AKMU
〈DINOSAUR〉

AKMU
〈200%〉

AKMU
〈뱃놀이〉

AKMU
〈어떻게 이별까지 사랑하겠어, 널 사랑하는 거지〉

AKMU
〈밤 끝없는 밤〉

이수현
〈ALIEN〉

비가 내리는 날에는 그 목소리를

가요는 계절감을 포함하여 날씨라고 할 만한 것들에 가장 민감하게 반응한다. 봄이면 봄, 여름이면 여름, 가을, 겨울 할 것 없이 그 계절마다 떠오르는 노래가 있고, 덥거나 춥거나 첫눈이 오거나 비가 내리거나 심지어 쨍하니 맑은 날도 마찬가지다. 더운 날이면 쿨의 1990년대 히트곡 혹은 씨스타의 댄스곡이나 그도 아니라면 F(x)의 엉뚱한 가사의 노래를 듣는 게 적절하다. 노래는 날씨다. 날씨는 노래가 된다.

당신은 대체 날씨 대신 무엇을 듣고 있는지 궁금하다. 그러나 글을 쓰고 있는 현실의 지금은 본격적인 더위를 맞이하기 전에 필수적으로 거쳐 가야 하는 코스, 바로 장마철이다. 창밖에는 온종일 오락가락하던 비가 소강상태에 접어들었다. 요즈음의 장마는 장마라기보다는 열대성 스콜에 가까워서 언제고 다시 비가 유난스레 쏟아질지 모르지만. 기후 위기는 장마의 낭만성을 상당 부분 빼앗아 가버렸지만, 많은 가요는 비를 사랑했다. 언제든 종일 무겁게 내려 사람의 마음마저 무거워지는 날, 찾아 들어야 할 노래와 가수는 따로 있기 마련이다.

많은 이들에게 윤하의 노래로 인식되어 있지만 본래 에픽하이의 정규 앨범 《Breakdown》의 수록곡이자 히트곡 〈우산〉을 먼저 듣자. 에픽하이가 만들어내는 간결한 사운드와 담백한 랩에 윤하의 음색이 썩 잘 어울렸음은 물론이다. 특히 유려한 가사가 돋보이는 이 노래의 멜로디를 윤하가 담당한 것은 탁월한 선택일 수밖에 없는 게, 너무나 잘 들리기 때문이다. 지금 눈을 감고 떠올려보길, 윤하의 청량한 목소리로 시작하는 〈우산〉 멜로디의 첫 부분. 우산 하면 역시 최민수고 그다음이 윤하다.

윤하는 미니 앨범 《STABLE MINDSET》의 타이틀곡 〈비가 내리는 날에는〉으로 우중 공략을 다시금 시도한다. 그 노래가 반가웠던 건 비 오는 날에 들을 노래가 늘어나서 때문만은 아니다. 윤하의 보컬이, 그의 목소리가, 그의 노래가 더 깊어지고 더 넓어졌음을 확인할 수 있어서다. 모범적이면서 화려한 보컬이자 보기 드문 싱어송라이터였던 윤하에게 잠시 있었던 부침이나 아픔이, 그의 목소리에까지 영향을 미쳤던 것 같아 걱정했던 마음이 노래를 들으며 봄비 맞는 새잎처럼 풀어져서다. 가뭄 끝에 장대비를 맞이하는 안도감을 느껴서다.

옛날 노래 중에는 햇빛촌의 〈유리창엔 비〉를 좋아한다. 히트곡은 비에 관련된 노래 하나뿐인데 그룹명은 '햇빛'촌이니, 시적인 아이러니가 상당하다. 어머니가 좋아했던지, 우연이었던지 인기가요 모음

테이프에서 많이 들었다. 대학 동아리에서 출발한 햇빛촌은 포크 음악을 표방했던 그룹사운드인 만큼 악기는 최소한으로 썼다. 그들의 음악은 보컬의 호흡과 담백함이 두드러진다. 반면 히트곡인 만큼 감정이 격발되는 부분도 분명히 있고, 이른바 케이발라드적인 서정성도 없지 않다. 무엇보다 선율의 아름다움과 가사의 절절함이 시대를 뛰어넘는데, 〈유리창엔 비〉가 실린 햇빛촌 1집 자체가 그렇다. 〈외로움은 벗〉과 〈지난 시절〉을 특히 추천하는바, 한낮부터 내린 비가, 폭우도 아니고 이슬비도 아닌, 그저 부슬부슬 오는 비가 몇 시간이고 멈추지 않은 날, 그런 날 밤에 권한다.

지금의 헤이즈를 만든 히트곡 〈비도 오고 그래서〉 또한 비가 오면 꼭 들어야 할 노래다. 헤이즈는 Mnet의 장난질이 극에 달했던 시기의 예능 〈언프리티 랩스타〉로 얼굴을 알렸는데, 이토록 영민하고 반짝이는 싱어송라이터가 거기서 왜 랩 배틀 같은 걸 하고 있었는지, 아무리 세상사가 곧 "디스 이스 컴피티션"이라고 해도 말이 안 됐다. 여하튼 헤이즈는 랩 지옥에서 벗어나 랩도 할 줄 아는 뮤지션이 되어 해마다 히트 싱글을 쭉쭉 뽑아 올리는 중이니, "네가 뭔데 날 평가해"라고 말해도 괜찮을 법하다. 그중 〈비도 오고 그래서〉는 특히 성공한 노래이다. 헤이즈의 말하듯 노래하는 창법에, 담백하되 능수능란한 편곡이 더해져 무려 신용재의 보컬도 담담하게 들릴 지경이다. 그런 것도 가능하다. 노래의 세계, 특히 피처링의 세계에서는. 애인과 헤어졌거나 원래 애인이 없는데 하필이면 약속도 없는 주말인데 비도 오고 그럴 때 들으면 좋겠다.

리쌍의 히트곡을 통해 널리 알려진 정인의 목소리를 좋아한다면, 〈장마〉를 권한다. 정인의 목소리가 정인의 분위기가 정인의 모든 것이 주인공이 된 노래이다. 시적인 가사가 정인의 목소리에 얹혀 정말 시를 낭송하는 것처럼 들린다. R&B를 구사하는데 최적화된 목소리라서 가사 전달력은 그렇게 뛰어나지 않을 거라 생각했는데, 세상에 전혀 아니었다. 또렷이 들리는 슬픈 감성이 몸을 적시기에 충분하다. 내 인생은 끝나지 않을 긴 장마가 되었는데, 그 이유가 내 인생의 태양이었던 네가 이제 없어서라니… 실연한 사람의 눈물샘을 자극하는 데 이만한 노래가 없을 것이다. 장마의 한가운데에 실연한 사람, 그때 그 사람을 추억하는 사람, 그냥 그 비슷한 감정에 빠지고 싶은 사람이 들으면 적절하겠다.

겨울에도 비는 온다. 겨울비는 겨울에 내리는

하얀 눈과 그 처지와 대우가 크게 다르다. 특히 가요에서 눈은 크리스마스캐럴은 물론 그에 맞춰 발표되는 시즌 가요에 사랑과 축복의 대명사로 쓰인다. 그러나 비는 아니다. 그렇지 않아도 추운데, 습하기까지 하면 그 겨울은 상상도 싫다. 봄비, 여름비, 가을비 전부 맞을 수 있어도 겨울비는 맞을 수 없다. 우산 쓰고 바깥에 나갈 마음도 생기지 않는다. 김종서는 그런 겨울비를 노래했다. 〈대답 없는 너〉와 〈지금은 알 수 없어〉로 록발라드의 선두 주자가 된 김종서의 확실한 한 방이었다. 그 시절 가요에서는 사랑하는 사람이 현대 의학의 지원을 받지 못한 채 왜 그리자주 요절했어야 했는지… 〈겨울비〉도 그런 내용의 노래다. 한창 좋았을 시절의 김종서 목소리는 눈 감고 깊이 감상할 만한 가치가 충분하다.

이적의 〈Rain〉은 비 오는 날 노래방에서 많이 불렀다. 이적은 이 노래에서 창밖으로 강물처럼 출렁이는 자동차 헤드라이트를 보는데, 그는 한강 조망권 아파트에 살았던 것일까? 이런 메마르고 성마른 생각까지 나아가는 데 이 노래의 시작에서 끝까지 느리게 잠행하는 슬픔은 크나큰 방해가 된다. 〈Rain〉은 이적이 패닉 활동을 잠정 중단하고 낸 첫번째 앨범의 타이틀곡으로 지금까지 이어지는 이적

발라드의 효시라고 볼 수 있다. 〈Rain〉이 없었다면 〈거짓말 거짓말 거짓말〉도 없을 것이다. 물론 패닉의 〈달팽이〉가 없었다면 두 노래도 세상에 존재하지 못했을 테지만. 그나저나 이 앨범은 명반이니 꼭 들어보시길, 그중 〈Rain〉은 차창에 비가 떨어지는 자동차에서 듣고 싶다. 뷰가 좋은 아파트의 주민이기보다는 헤드라이트 강물의 일부가 되고 싶게 하는 노래이다.

가장 좋아하는 비는 소나기다. 소나기라면 오마이걸의 〈소나기〉를 들으면 되는… 여기까지만 하자. 언젠가는 그치고야 마는 빗줄기처럼.

#플레이리스트

f(x)
⟨Hot Summer⟩

에픽하이 feat. 윤하
⟨우산⟩

햇빛촌
⟨유리창엔 비⟩

헤이즈
⟨비도 오고 그래서⟩

김종서
⟨겨울비⟩

정인
⟨장마⟩

이적
⟨Rain⟩

오마이걸
⟨소나기⟩

청하의 선언

장근석이 "잇츠 쇼 타임!"을 외치며 빙그레 웃는다. 그리고 뒤편 대형 무대를 가리킨다. 거기에는 교복 차림의 가수 지망생이 있다. 지금까지 봐왔던 것처럼 다섯 명, 일곱 명, 열한 명 그런 거 아니고… 백한 명. 프로그램의 정체를 알고 난 뒤에야 저렇게나 대놓고 경쟁을 시키는 프로그램이 있어서야 되겠는가 싶었지만, 그런 생각도 잠시 나는 과몰입의 우물에 빠지게 되었다. 그 우물에서 건진 가수가 청하다.

청하에 대해서는 걱정할 것이 하나 없다. 2016년 〈프로듀스 101〉 시즌1을 본 사람이라면 누구도 청하의 데뷔를 의심하지 않았을 것이며, 그중 7회에 방송된 〈Bang Bang〉 무대까지 본 사람이라면 청하의 성공을 확신하지 않을 수 없었을 것이다. 그 무대를 기점으로 프로그램의 화제성은 폭발적으로 증가했고 이는 후속편의 성공에까지 영향을 미쳤다. 청하는 이변 없이 순조롭게 데뷔했고, 당시 가장 주목받는 걸 그룹의 일원이 되었다.

청하를 포함해 프로듀스 101의 상위권 멤버로 구성된 그룹 아이오아이는 출발에서부터 많은 기대와 관심을 받았다. 그러나 데뷔곡 〈Dream Girls〉는 평범하다 못해 지루했으며 콘셉트라는 것을 따로 짚어낼 수 없을 정도로 기획은 따분했다. 뒤이은 7인조 활동, 〈Whatta Man(Good man)〉에서는 거의 청하만 보였다. 사실 엄청나게 많은 가수를 데려와 함께 무대를 꾸민다 한들 거기에 청하가 있다면, 청하만 보일 것이다. 그건 청하가 아닌 이들의 잘못이 아니다. 잘못이라면 청하가 잘못인데, 존재감이 죄라면 청하는 최소 무기징역.

〈Bang Bang〉을 함께 부른 연습생은 물론, 당시 오디션 프로그램에 출연한 동료 중 많은 이가 걸 그룹으로 데뷔했다. 그중 만족할 만한 성과를 거둔 걸 그룹은 안타깝게도 많지 않다. 구구단과 위키미키, 다이아는 여전히 유망주에 가깝다. 프리스틴은 작별 인사를 건넬 틈도 없이 해체되었다. 〈프로듀스 101〉이 종영되고 2년이 지나 방송된 'MAMA 2018'에서 아이오아이 출신은 단 두 명이 무대에 섰는데, 우주소녀의 멤버 연정과 솔로 가수 청하다. 우주소녀는 쇼의 앞부분에 오마이걸과 공동 무대를 짧게 소화하고 긴 시간 선배와 동료들의 수상 소감을 들으며 손뼉을 쳐야 했다. 오마이걸도 마찬가지였다. 그때나 지금이나 MAMA 시상식의 남자 아이돌에 지나치게 편중된 구성은 소름 끼치도록 한결같다.

그날 101명의 오디션 프로그램 출연자 중 유일하게 트로피를 받은 가수가 청하다. 이렇게까지 할 일인가 싶을 정도로 보이 그룹에 치우친 방송 분량도 청하에게는 선배 여성 솔로 선미와 더불어 상당 시간 할애되었다. 무대는 더 말할 나위 없이 좋았음은 물론인데, 하이라이트는 끄트머리에 있었다. 무대 말미에 후속곡 〈벌써 12시〉를 아주 잠깐 들려준 것이다. 한 해를 정리하되 다가올 시즌의 기대치 또한 올려놓는 것, 청하는 연말 시상식의 역할을 정확하게 이해하고 있었으며, 이를 활용할 줄 알았다. 예상대로 〈벌써 12시〉는 2019년 1월 2일에 발매되어 단박에 차트 정상에 오른다.

이례적인 화제를 모은 오디션 프로그램으로 인지도를 끌어올린 연습생을 그룹의 일원으로 데뷔시키는 것은 자연스러운 일이다. 일곱 명, 아홉 명, 열한 명 혹은 더 많은 숫자의 그룹에서 개중 조금이라도 얼굴이 알려진 멤버는 센터 역할을 맡아 팀을 더 알려야 한다. 지금은 아이돌 그룹의 시대이기 때문이다. 솔로 가수에 대한 수요와 시장은 그만큼 위축되었다. 특히 무대를 꽉 채울 만큼의 퍼포먼스를 보여주는 솔로 댄스 가수는 더욱 귀한 존재가 되었다. 청하는 누가 봐도 혼자서도 충분히 빛이 나는 댄서이자 보컬이었지만, 그가 솔로로 데뷔한 것은 그래서 놀라운 일이었다. 지금 가요계는 청하의 성공은 확신할 수 있지만, 여성 솔로의 성공은 쉽게 예상할 수 없는 상황이다. 그 일을 청하는 해냈다.

청하는 넉살과 함께 부른 〈Why Don't You Know〉로 시동을 걸어 이듬해인 2018년에는 〈Roller Coaster〉, 〈Love U〉를 연달아 히트시킨다. 또한 SM 엔터테인먼트의 프로젝트 싱글 〈Wow Thing〉에 참여해 슬기, 소연, 신비와 함께 여성 아티스트의 강력함을 보여주었다. 청하의 무대는 빈틈이 없다. 퍼포먼스형 여성 솔로 가수에게 유독 가혹한 가창력 논란도 오랜 연습생 기간으로 다져진 이 케이팝 아이돌에게는 있을 수 없는 일이다. 퍼포먼스는 싱글과 앨범을 낼수록 더 단단해지고 있는데, 〈벌써 12시〉에 이르러서는 벌써 다 채운 것 같아 되레 그게 걱정이었다. 걱정이라 쓰고 설렘으로 읽어도 좋았는데, 그 설렘은 〈Stay Tonight〉과 〈PLAY〉로 현현되었다. 특히 〈PLAY〉 뮤직비디오에서 투우사 연기를 할 때, 소 대신에 람보르기니가 나올 때, 람보르기니보다 청하가 더 빛이 날 때, 그 설렘은 다시 확신으로 바뀌었다. 청하는 된다. 뭘 해도 다 된다.

우리에게는 김완선에서부터 시작된 여성 퍼포먼스형 아티스트의 도저한 역사가 있다. 사람들은 섹시함이니 청순함이니 하는 것들로 그들을 정의 내리려 하였으나, 오래 살아남은 아티스트들은 쉬이 범주화할 수 없는, 그저 '멋짐'과 '훌륭함'의 영역에 있었고, 그 영역을 확장해왔다. 보아가 그랬고 이효리가 그랬으며 최근의 선미와 현아가 그러하며 청하 또한 오래도록 그러할 것이다. 청하가 이어갈 역사를 의심할 필요는 단연코 없다.

12시를 가리키는 시침과 초침을 나타내듯 청하는 두 손을 얼굴 쪽으로 기도하듯 모았다 박자에 맞춰 비튼다. 그러곤 입술을 슬쩍 깨물며 특유의 그루브한 몸짓으로 스텝을 밟아 무대 앞으로 나온다. 나는 이 무대의 퍼포먼스가 통금 시간 때문에 괴로운 마음을 표현하는 것으로 보이지 않는다. 이 판을 쪼개서 먹어버리겠다는 무자비한 선언처럼 보여서 짜릿하고 새롭다. 트위터에서 발견한 어느 문장으로 청하의 선언에 이렇게 응답하겠다. "언니, 저는 통금 없어요."

#플레이리스트

아이오아이
〈Whatta Man(Good man)〉
아이오아이
〈너무너무너무〉
청하
〈Roller Coaster〉
청하
〈벌써 12시〉
청하
〈Chica〉
청하
〈PLAY〉
청하
〈Stay Tonight〉
청하
〈Snapping〉

버스 안에서 일어나는 일,
일어나지 않을 일

매일 새벽 등굣길에 늘 그 시간 그 정류장에서 그 버스에 타는 그 애를 좋아하게 됐는데, 어쩐지 그 애도 나에게 눈길을 주는 것 같았고, 사실 그 애도 나를 좋아하지만 내가 남자라서 먼저 고백해주길 원하는 거였으며, 결국 용기를 낸 내가 그 애에게 말을 걸어 우리는… 같은 일은 당연히 벌어지지 않는다.

그런 일이 왜 일어나겠는가? 그런 일은 노래 안에서나 가능한 것이다. 노래를 부르는 사람도 실제로는 불가능한 것을 알고 부르는 것이다. 학교 가는 버스를 탔으면 학교에 가면 된다. 그 일 외에 다른 일은 잘 일어나지 않는다. 자자의 〈버스 안에서〉가 유행할 때, 여학생 가방이나 주머니에 삐삐 번호가 적힌 쪽지를 접어 넣는 게 조금 유행하긴 했는데, 역시나 별다른 일은 일어나지 않았다. 버스에서 무슨 일이 일어나고 있나요? 아무 일도 일어나지 않았습니다. 최소한 그 방면으로는.

버스에 양파 스타일의 앞머리를 하고 다니는 여학생이 있었다. 1997년의 양파는 전라남도 무안군 특산물 이름이 아니었다. 〈애송이의 사랑〉으로 데뷔하며 일약 스타덤에 오른 십대 솔로 가수였다. 양파라는 이름은 까도 까도 새로운 매력을 발견할 수 있는 가수가 되겠다는 의미로 지었다고 한다. 양파 앞머리 여학생은 같은 교복을 입은 학생들이 우르르 타고 우르르 내리는 버스에서 단연 눈에 띄었다. 가방에 달린 인형도, 줄인 듯 안 줄인 듯 자연스러운 교복도, 잔머리를 고정한 핀도 모두 눈에 보였다. 아침이면 그날 본 D여고 양파(어느새 그냥 양파로 부르기 시작했다)에 대한 품평이 시작됐는데, 그럴 권한과 권리가 우리에게 없었음은 물론이다. 그렇다고 용기를 내어 양파에게 말을 거는 녀석이 있었던 것도 아니다. 뒤에서 수군거렸을 뿐이다. 얼굴이 별로라 앞머리로 최대한 가린 게 아니냐, 원래 양파(여기서는 가수)도 별로 예쁜 얼굴은 아니다, 치마는 별로 안 줄였더라, 아니다 줄인 거다 등등.

양파는 다음 해 수능 시험 1교시에서 갑작스러운 복통으로 시험을 포기한다. 엄살이라는 루머가 돌았다. 그때도 우리는 교실 뒤편에 모여 양파 이야기를 했던 것 같다. 공부도 노래도 잘하는 줄 알았더니, 아니었던 거다. 이번에 들통난 거다. 물론 우리에게는 멋대로 남의 인생을 재단할 권리는 없었다. D여고 양파는 그 사건 이후로 스타일을 바꿨다. 우리의 화제도 다른 쪽으로 바뀌었던 것 같다. 양파는 3집 《Addio》를 남기고 유학을 떠났다. 나의 고3 시절 귀에는 양파 3집의 노래가 여러 번 재생되었다.

버스에서의 계급은 시디플레이어가 있는지 없는지로 나뉘는데, 나는 늦게나마 어머니의 혜량으로 있는 축에 속할 수 있었다. 파나소닉에서 나온 제품으로 무려 쇼크웨이브 기능이 있었다! 서태지의 TAKE 앨범이 최신 시디플레이어로 영접한 첫 번째 음악이었다. 대중성은 물론 〈TAKE Five〉가 좋았지만 〈TAKE Four〉를 가장 좋아했다. 드럼 사운드에 따라 고개를 까딱거리고 있다 보면 이 지겨운 고등학교 시절도 후딱 지나가 버릴 것만 같았다. 서태지가 은퇴했다가 이렇게 돌아온 것처럼.

돌아온 서태지를 야간 자율학습 시간 내내 듣고, 건전지를 갈아 끼워 하굣길에 또 들었다. 같은 버스를 탄 친구 녀석이 말을 걸면 이어폰을 한쪽만 빼고 이야기하며 들었다. 녀석은 교회에 다녔는데, 서태지 음악으로 시비를 걸었다. 그렇지 않다. 그 가사가 그런 의미가 아니다. 네가 믿는 절대적인 그 무엇과 서태지가 하는 음악은 전혀 상관이… 이런 말을 하며 가방에서 시디 케이스를 꺼내 설명을 하는 중에 버스는 급정거를 했고, 손에 들고 있던 케이스를 떨어뜨렸으며, 버스 바닥에 떨어진 케이스는 깨졌다. 너 그때 나한테 왜 그랬냐. 나 그때 너한테 왜 그랬을까. 취향과 종교는 왜라는 질문에 대체로 잘

답해주지 않는다. 왜 그랬는지 아직도 모르겠다. 그건 내가 답해야 할 문제겠지.

그렇게 버스에 타고 내리기를 반복하던 어느 날, 백일장마다 나의 라이벌을 자처하며 짜증나게 굴던 문예부 동기 녀석이 결국 일을 쳤다. D여고 양파의 가방에 시를 적은 쪽지를 넣은 것이다. 그 쪽지는 우연히도 D여고 국어 시간에 발견되었고, 그곳의 국어 선생이 현장에서 낭독을 곁들여 비웃어주었다고 한다. 그 이야기를 D여고의 문예부 친구가 성실하게도 알려주었다. 그런데 시는 정말 별로더라고도 했다. 시도 겁나게 못 쓰는 게 별짓을 다 했다. 시도 그렇게 못 쓰는 녀석이 용기는 백배했네. 그러면서도 내심 시 못 쓴다고 내가 만날 무시하던 그 친구가 그날만큼은 대단해 보이기도 했는데, 내색은 못 한 채로 다른 친구들이랑 같이 더 세게 놀렸다. 주도해서 놀렸다. 내게 그럴 권한은 없었지만.

#플레이리스트

자자
〈버스 안에서〉

양파
〈애송이의 사랑〉

양파
〈알고 싶어요!〉

양파
〈그녀 안의 나〉

양파
〈Addio〉

서태지
〈TAKE Two〉

서태지
〈TAKE Four〉

서태지
〈TAKE Five〉

우리가 열렬히 사랑했던 시절

〈프로듀스 101〉 시즌2는 홍대입구역과 합정역을 집어삼키고 신촌역과 명동역은 물론이고 강남역과 신사역까지 점령해버렸다. 전철역은 내 아이돌에게 소중한 한 표를 부탁드린다는 광고판으로 도배가 되었고 생방송 방송일이 다가올수록 주변 지인에게 표를 구하는 문자가 쇄도했다.

A는 강동호의 팬이었다. 저녁을 먹는 내내 강동호를 이야기했다. 어느 무대에서 조명 색깔이 바뀌자 강동호의 얼굴까지 바뀐다며, 신비한 체험을 권하듯 스마트폰 화면을 들이밀었다. 그저 보기에도 강동호는 매력적이었다. 그즈음 나도 국민 프로듀서로서 활약하고 있었기 때문에(내 나름의 소신으로 1일 1표 행사하고 있었다) 관심을 보였더니, 이야기는 더 풀려 나왔다. 강동호의 일본 활동 이야기. 같은 그룹의 몇몇이 함께 데뷔할 수 있는 것처럼 보이지만 결코 안심할 수 없는 현재 분위기. 견제 투표와 교차 투표가 횡행하는 프로듀서(국민들이다!)들의 전략과 전술…. 나는 내일부터 강동호에 투표하기로 하였고, 특히 생방송 때는 투표 인증 사진까지 보내기로 약속하고 A와 헤어졌다. 손가락 걸고 도장 찍고 복사까지 했다.

B는 강다니엘의 팬이었다. B는 강다니엘의 매

력을 설명하는 데 긴 시간을 투자하지는 않았다. 그런 정도는 너도 알고 있지 않냐는 식이었다. 그래 매력 있긴 하더라만, 그렇다고 내가 투표까지 할 일은 아니지 않나? B는 그간의 우정과 신뢰를 바탕으로 그저 한 표를 달라고 했다. 어찌 보면 막무가내인데 묘한 박력이 나를 설득했다. 생방송 때 한 표를 주면 밥을 살 것이라 했고, 그날의 음료와 케이크를 샀으며, 약속을 상기시키는 메시지를 보내면서 커피 기프티콘까지 보냈다. 아니 어차피 강다니엘이 우승할 것 같은데 왜 이렇게 절실하지? 뭐가 사람들을 이렇게 절실하게 만드는 거야?

생방송 하는 날에는 일찌거니 집에 들어가 정자세를 하고 타이밍을 기다리다가 정중하게 아내의 전화를 빌려 각각 표를 행사했다. 생방송은 엄청나게 길었다. 저렇게 오래 긴장 속에 어린 청년들을 놓아두는 게 옳을까? 의자라도 주면 안 될까? 하지만 데뷔할 수 있는 순위에 호명된 멤버만이 의자에 앉을 수 있었고, 이 고문은 시즌4 〈프로듀스×101〉까지 계속되었다. 추문이 아니었다면 영원히 계속되었을 고문이었다. 한 명은 데뷔 조가 되었고 한 명은 아쉽게 떨어졌다. A는 울었다. B는 기뻐했다. 둘은 동갑이었다. 삼십대 후반. 둘은 서로 모르는 사이였지만, 그 기간에는 동료 프로듀서쯤은 됐던 셈이다. A에게는 위로의 문자를, B에게는 축하의 문자를 보냈다. 자정이 훌쩍 넘은 시간이었다.

　　나도 해당 시즌에서 응원하는 연습생이 있었다. 유회승. 언뜻 들어도 노래 진짜 잘하는 것 같은데, 활약할 기회가 별달리 없었고, 댄스 연습만 죽어라 하다가 중간 단계에서 탈락했다. 그의 탈락 후에 누구에게도 마음 붙이지 못하며 갈대처럼 살랑이다가 A와 B의 뜻에 따른 것이다. 유회승은 후에 엔플라잉으로 데뷔하는데, 군무를 추지 않아도 되고, 고음은 맘껏 질러도 된다는 점에서 그에게 찰떡인 듯하다. 그가 〈복면가왕〉에 출연했을 때, 내가 그 프로그램 시청 역사상 처음으로 누군지 단번에 알아맞혔다는 사실도 적시해두고 싶다. 국카스텐 하현우의 창법을 닮은 듯하나 아직 어린 느낌이 있다. 그러나 발전할 것이다. 엔플라잉의 음악을 따라가면, 회승의 발전도 만날 수 있겠지.

　　시즌3 〈프로듀스 48〉은 일본의 대표적 걸 그룹 AKB48 사단과 함께한 공동 프로젝트였다. 아무래도 여기에 더 과몰입할 수밖에 없었는데, 역시 처음에는 문화 차이니 어쩌니 하면서 일본 멤버의 미숙함을 소비하는 행태에 비소를 짓다가 결국 Mnet

의 광기에 무릎을 꿇고 말았다는 이야기다. 그때 A
는 강동호의 새로운 활동(당연히 뉴이스트다)에 빠
져 있을 때라 관심이 없었고, B는 〈내꺼야〉를 따라
부르며, 주변에 사람이 없을 때는 안무도 흉내 내며,
내가 시즌2를 즐겼던 방식 그대로 가벼운 관전의 재
미를 느끼고 있는 듯했다. 나도 그들에게 부탁할 일
이 생겼다. 내가 응원하는 멤버가 처음으로 생방송
에 진출한 것이다. 일본인 참가자, 타카하시 쥬리.

　　이번에는 다짜고짜 아내의 폰을 빼앗아 한 표
를 던졌고, 내 전화기로도 방송이 시작하자마자 투
표했다. 손톱을 물어뜯으며 결과를 기다렸다. 아무래
도 8~9등 앞에서 호명되지 않으면 안 될 것 같다는
계산이었는데… 끝내 이름은 불리지 않았고, 마지막
스토리는 잘된 드라마의 결말처럼 극적이고 아름다
웠다. 사쿠라가 큰 눈망울에 눈물이 그렁그렁 맺힌
채로, 채연과 같이 데뷔하고 싶다고 말할 때, 결과는
이미 정해졌을지도 모른다. 타카하시 쥬리는 나머지
연습생과 함께 기나긴 생방송 시간이 끝날 때까지
온몸을 비추는 카메라를 의식한 채 서 있어야 했다.
그리고 쓸쓸히 돌아갔다.

　　돌아가지 않았다. 전격적으로 AKB48 졸업을
선언한 그는 울림엔터테인먼트의 제안을 받아, 새

로운 걸 그룹 로켓펀치에 합류한다. 꽤 통일된 콘셉트의 미니 앨범을 세 장(《PINK PUNCH》, 《RED PUNCH》, 《BLUE PUNCH》) 연달아 냈으며 그중 〈BOUNCY〉가 가장 뚜렷한 성과인 듯 보이나, 앞으로 더 강력한 펀치를 날릴 것이라 기대한다. 기대와는 별개로 타카하시 쥬리 합류 이후로 불한당 같은 타이밍으로 찾아온 한일 갈등과 코로나 정국이 그룹에서 그의 역할을 제한하는 것 같아 아쉬운 마음이다. 하지만 모른다. 아이돌의 미래라는 건.

시즌4는 어디서부터 이야기해야 할까. 그냥 끝을 이야기하는 게 낫겠다. 생방송 종료 직후 불거진 순위 조작 논란은 사실로 드러났다. 사기, 업무 방해, '부정청탁 및 금품 등 수수의 금지에 관한 법률' 등을 위반한 혐의로 프로그램의 CP와 PD에게 징역형이 선고되었다. 전체 시즌에 걸쳐 크고 작은 부정의 정황이 드러나지만, 특히 최근 시즌은 생방송 전에 데뷔할 멤버를 이미 선정해놓고, 국민 프로듀서라는 허울로 문자 투표를 받았다는 수사 결과다. 그간의 몰입과 애정과 열정이 무색한 결말이다. 역시 모른다. 이 판의 미래라는 건.

아무리 몰라도 무언가를 좋아했다는 이유로 손쉬운 사기의 표적이 되어서는 곤란하다는 건 안다.

이제 A와 B를 만나도 그때 그 아이돌 이야기는 잘 하지 않는다. 잘못한 것은 없는데 잘못한 것 같은 마음이 든다. 무언가를 좋아한다는 이유로 우리는, 그들을 경쟁의 우물에 몰아넣고, 미끄러운 우물 벽을 타고 올라오려 애쓰는 모습을 지켜보며 쾌감을 느꼈던 게 아닐까 싶어서 그렇다. 내가 'PICK'할 수 있다는 짜릿함에 십대 후반에서 20대 초반에 불과한 그들의 춤과 노래, 말과 행동, 표정과 인성 그 모든 걸 줄 세우고 평가하고 판단할 수 있는 권리가 우리에게 있다고 믿어버린 건 아닐까. 이 거대한 사기극에서 자유로운 사람은 아이돌 팬치고 별로 없다. 그래서 빨리 잊어버리고 싶다. 그러므로 기억하고 싶다. 이 허망한 소동을. 요사스러운 사기극을.

#플레이리스트

PRODUCE 101
⟨나야 나(PICK ME)⟩

PRODUCE 101
⟨Hands on me⟩

국.슈(국프의 핫이슈)
⟨Rumor⟩

PRODUCE 48
⟨내꺼야(PICK ME)⟩

PRODUCE 48
⟨반해버리잖아?(好きになっちゃうだろう？)⟩

엔플라잉
⟨아 진짜요.(Oh really.)⟩

로켓펀치
⟨JUICY⟩

뉴이스트 W
⟨WHERE YOU AT⟩

웃기지 마라

한때 나도 가벼운 몸이었다. 소름 끼치게 부족한 운동량과 놀랍도록 제멋대로인 식습관은 생애 전환기에 도달하고서야 영향력을 발휘하고 있다. 몸의 여기저기에 이상 신호가 나타난 것이다. 저질이라고 할 수밖에 없는 체력도 문제요, 외형적으로는 두툼해진 복부와 흔적 없는 근육 또한 큰 문제다. 그러나 시간이 없다는 핑계로 그저 시간을 보낸다. 시간이 갈수록 배가 더 나오는 것 같은 게 착각은 아닌 듯도 하고.

이건 가벼운 몸이었던 한때의 이야기에 불과하지만, 그때를 생각하면 심장에 누가 펌프질이라도 하는 양 바운스가 온다. 스무 살이었으니까. 스무 살이던 내가 거기서 뛰고 있었으니까.

뛰던 장소는 오락실. '펌프 잇 업' 위에서 열심히 무용한 스텝을 밟았더랬다. 줄여서 '펌프'라고 불리던 리듬 게임은 아케이드 오락실의 마지막 전성기를 화려하게 장식했다. 일본 게임 DDR의 아류처럼 보였으나, 출시 이후 본판의 인기를 손쉽게 앞질렀고, 지금도 멀티플렉스나 대형 오락실에서는 그 명맥을 유지하고 있을 정도로 그 나름 스테디셀러다.

중남미에서는 우리나라보다 더한 인기를 누렸다는 사실은 꽤 널리 알려졌다. 펌프에 수록된 그 시절 가요가 지금 중남미에서 케이팝의 인기에 한몫했다는 의견도 있다. 클론의 수많은 히트곡 중 어느 한 곡에도 취향의 지향을 찾지 못했던 내가 〈Funky Tonight〉만큼은 지금도 가사를 외워 부를 수 있는 걸 보면 그럴 만도 하다. 오늘 밤이 바로 그 밤이라는 가사로 시작하는 노래는 펌프의 세계에서는 프리스타일의 기본 곡조가 되었다. 2배속, 더블로 설정을 맞추고, 클론의 리듬에 따라 슬라이드 스텝을 할 줄 알게 되면 그나마 볼만한 펌프질이 되는 것이다.

처음부터 된 건 아니었다. 몸은 가벼웠지만 그때나 지금이나 운동신경이 탁월한 편은 아니어서 남다른 노력이 필요했다. 펌프 기체는 오락실의 가장 핵심 장소에 위치하기에 섣부른 펌프질은 남들의 불편한 이목을 끌기 충분했다. 쪽팔릴 수 있다는 말이다. 특히 '철권'이나 '더 킹 오브 파이터즈' 또는 '소울 칼리버' 같은 폭력성 다분한 게임을 하러 온 친구 녀석들의 놀림 먹잇감 되기가 십상이었다. 하지만 음악은 나를 불렀고, 철권 무한 콤보를 때려 박는 뭇 녀석보다 펌프의 스텝을 밟는 어느 분이 더 멋져 뵈는 건 어쩔 수 없었다. 나도 그렇게 되고 싶었다. 그러려면 연습이 필요했다. 친구들은 그런 게임 하는 것을 원치 않았고, 일행이 그걸 하는 것도 용납하지 않았다. 나는 남몰래, 정확하게는 친구들 몰래 오락실에 가야 했다.

수능을 마치고, 수시는 떨어지고 정시에서 가까스로 합격한 결과를 확인하고, 그 와중에 전단 아르바이트 조금 하다가 그만두고… 그렇게 때가 왔다. 트레이닝복 위에 파카 하나 걸치고 이른 아침 문을 연 오락실을 찾아 첫 번째 손님이 되어 펌프 위에 올랐다. 〈Funky Tonight〉을 우선 해결했다. 반복해서 하다 보니 화면을 거의 보지 않고 몸을 회전하며 할 수 있게 되었다. 다음은 노바소닉의 〈마지막 편지… 그것조차 거짓: 또 다른 진심〉이었다. 사람들이 제목을 '웃기지 마라'로 알고 있는 노래다. 하긴 그 부분만 잘 들리니까 그럴 수 있다. 반복해서 하다 보면 누가 시키지도 않았는데 무릎 찍기를 하게 되었다. 무릎을 찍을 때마다 뒤에서 누가 웃었다. 나는 진지하다, 진짜 웃지 마라… 생각했지만 그도 그렇게 생각했던 게 아닐까. 웃기지 마라고.

다음으로 젝스키스의 〈뫼비우스의 띠〉와 〈컴백〉을 마스터했다. 〈컴백〉은 어쩔 수 없이 양손을 뒤로해, 안전바를 잡고 발을 재게 놀려야 했다. 때아닌 〈터키 행진곡〉도 펌프를 통해 많이 들었다. 〈컴백〉과 같은 방식으로 플레이했다. H.O.T.의 〈아이야!〉는 안전바를 밟고 올라 점프해서 두 발로 포인트를 찍고 시작했다. 물론 누가 시킨 건 아니다.

대학에 입학해서 보니 과에서 펌프를 꽤 잘하는 축이 되었다. 젝스키스의 팬이었던 한 학번 선배 누나는 동전까지 제공하며 플레이를 종용했다. 게임을 잘하지 못해서, 친구 따라 오락실에 드나드는 것이 늘 곤욕이었는데 펌프 덕분에 좀 나아졌다. 잠깐의 펑키 투나잇 아니, 펑키 데이즈였다.

펌프의 인기는 인기 있는 것들이 늘 그렇듯 그런 게 언제 인기였었나 싶게 사그라졌다. 스무 살의 무용한 뜀박질도 그렇게 끝났다. 최근에 스타필드 오락실의 펌프에 잠시 올라가 봤는데, 왜인지 뒤통수가 간지러웠다. 코인 넣기를 포기하고 돌아서니 나를 째려보는 아내가 보였다. 실제 플레이를 했다 하더라도 분명히 엉망이었을 것이다. 다쳤을지도 모른다. 몸이든 마음이든 둘 중 하나는 상처를 입었을 것이다. 그리고 아내가 말했을 것이다. 웃기지 마라, 진짜.

한때의 뜀박질은 이렇게 내게 '기억의 습작'처럼 남아 점점 더 희미해지고 있다. 무언가에 매달리는 편은 아니다(가요 또한 매달릴 것 없이 편하게 들을 수 있어서 좋아한다고 할 수도 있다). 그래서인지

게임을 잘하지 못한다. 그걸 꼭 잘해야 하는 이유를 찾을 수 없어 달아오르기 직전에 관두고는 한다. 그런데 펌프는 왜 그랬는지 알 수 없다.

아니 나는 알고 있었다.

딱히 할 게 없어서, 그랬다.

속이 텅 비어서, 그랬다.

어찌할 줄 몰라서, 그랬다.

내가 누군지 몰라, 그랬다.

웃기지 말라고, 그랬다.

그저 스물이라, 그랬던 것 같기도 하고….

그건 마흔인 지금도 마찬가지이니까, 조금 뛰어도 좋지 않을까. 늙은이 같은 소리 그만하고.

이것이 바로 내게 남은 기억의 습작이 건네는 펌프질 같은 교훈일지도 모르겠다.

#플레이리스트

클론
〈Funky Tonight〉

타샤니
〈경고〉

노바소닉
〈마지막 편지… 그것조차 거짓: 또 다른 진심〉

젝스키스
〈뫼비우스의 띠〉

젝스키스
〈컴백〉

H.O.T.
〈아이야!〉

드렁큰 타이거
〈난 널 원해〉

전람회
〈기억의 습작〉

＊ 펌프 잇 업의 제작사인 안다미로의 음악 프로듀싱 팀으로 알려진 반야의 〈베토벤 바이러스〉, 〈터키 행진곡〉 등의 리스트는 현재 음원 사이트에서 유통되지 않고 있어 (눈물을 머금고) 제하였다.

뱃사공들

명절이나 되어야 가까스로 가게 되는 부모님 집이고, 나쁠 일보다 좋을 일이 물론 더 많겠지만, 갈 때마다 종편 시사 프로그램 패널들의 성난 목소리를 듣는 것은 심히 고역이었다. 특별한 이유 없이 MBN을 틀어놓을 때가 많았는데, 어쩜 그렇게 사사건건 화가 나 있는 건지, 저토록 화가 난 상태로 토론이라니 그게 가능하긴 한 건지, 알고 보면 자기가 잘 알 수 없는 분야인데도 확신에 차 화를 내는 게 온당하긴 한 건지… 가늠할 수 없어 더 시끄럽게 들렸던 걸지도 모른다.

그런데 세상만사 두루 분석할 줄 아는 양 구는 아저씨들의 목소리가 어느 날부터 더는 들리지 않았다. 대신 그 자리를 노래와 음악이 차지하게 되었으니, 우리 집 명절의 역사는 송가인 이전과 이후로 나뉜다고 해도 절대 과언이 아니다. 송가인의 출발 역시 종편이었다는 사실이 현아가 속해 있을 시절 원더걸스를 떠올리게 하지만(아이러니하다는 말인데 알아들으신 분? 당신은 정말…), 사랑에 빠져드는 경로에는 좌우가 있을 수가 없다. 좀 더 빠르거나 약간 느릴 뿐.

하필 송가인의 고향은 전라남도 진도여서, 여수와 목포에 있는 처가와 친가 모두의 사랑을 받게 되었으며 특히 우리 어머니는 이모들과 함께한 진도 여행까지 감행하였고, 그에 발맞춰 큰아들인 나는 도리를 다해 콘서트 티켓을 예매해드렸음은 물론이다. 이제는 명절에 목포 아파트 현관에 들어서면 마치 우연인 듯 송가인이 텔레비전에 나와 노래를 하고 있고, 이게 무엇이냐 물으면 당당하게 유튜브라고 답하신다. 정치 이야기를 시작하면 그때부터 만사가 복잡해지지만, 노래 이야기를 하면 모든 것이 쉽사리 해결된다. 역시 노래를 잘하는군요. 그렇지. 역시 송가인이네. 그렇고말고. 송가인은 뭔가 다르긴 다르네. 역시 뭘 좀 아네. 덕담이 오고 가는 명절이 되어버린다. 트로트가 일으킨 일대 변화다. 송가인이 만든 혁신이다.

이런 이야기도 트로트에 대한 음습한 마음이 만들어낸 일종의 농담일 테다. 편견이 없었다고 하면 거짓말이다. 그간 트로트를 음악적 시도 없이 무작정 반복되는 유행으로 보거나, 디테일이 없는 두루뭉술한 취향으로 취급했다. 심지어 일본 엔카를 바탕으로 한 근본 없는 유행가로 생각했던 적도 있다. 적어도 진지하게 생각하진 않았다. 누군가는 케이팝이나 아이돌의 음악을 그렇게 생각할 것이다. 음악적 시도보다는 유행에 불과하다고. 대중의 흘러가는 취향일 뿐이라고. 팝 음악을 적당히 따라 하는 혼합에 가깝다고. 그래서 근본이 없다고. …하지만 그런 게 가요 아니겠는가? 그래서 뭐 어떻다는 거야?

혼자 말하고 혼자 화내는 것보다는 음악을 듣는 게 나을 것이다. 당연히 나훈아부터 들으면 좋다. 최근 방송에서도 보여준 무대 공연에 주안점을 둔 시도도 좋지만 역시 초창기의 구성진 트랙에 더 진한 감동이 있다. 〈홍시〉 같은 노래가 그렇다. 주현미의 노래는 초등학교 시절 1번 트랙이었다. 그때 〈신사동 그 사람〉을 부를 때 내가 파주에서 신사동으로 출퇴근하는 사람이 될 줄은 몰랐지만. 그래서인지 노래는 〈짝사랑〉을 더 좋아했다. 김지애의 〈몰래 한 사랑〉은 지금 들어도 상당히 세련되었다. 김지애의 시도가 있었기에 후에 장윤정이 있을 수 있지 않았을까. 문희옥의 〈사랑의 거리〉를 자주 흥얼거렸는데, 가사 속 남서울 영동이 강남인지는 이제야 알았다. 장윤정을 〈어머나!〉 정도로 알고 있다면 〈초혼〉을 듣기 권한다. 장윤정이라는 가수를 달리 볼 수 있을 것이다. 트로트를 잘 부르는 것과 가창력이 좋은 것을 구별하는 실수를 범하고는 하는데, 그 경계를 보기 좋게 깨는 노래이기도 하다.

송가인을 발굴한 종편 채널에 의해 트로트는

시대의 흐름이 되어 폭포수처럼 쏟아지고 있다. 〈미스 트롯〉 이듬해 방영된 〈미스터 트롯〉은 '프로듀스 101' 시리즈가 그랬듯이 남자 편이 대중적 성공을 거두는 데 더 용이함을 보여주는 듯하다. 주말에 텔레비전을 켜면 프로그램마다 트로트 가수가 나와서 솜씨를 뽐낸다. 수십 년 경력의 가수에서부터 초등학생까지 대중 앞에 선다. 적어도 텔레비전의 세계에서는 그들을 피할 수 없다. 유재석과 김신영도 이른바 '부캐'를 활용하여 트로트를 부른다.

이 모든 게 너무 과하지는 않은가 하는 걱정도 든다. 물 들어올 때 실컷 노를 저어, 산으로 가버리면 어떡하지? 노가 부러져버린다면? 들어온 물이 갑작스레 소용돌이를 친다면? 이런 생각보다 트로트는 단단할지 모른다. 그 장르의 뒤에는 지금까지 나름의 방식으로 꾸준하게 음악을 즐겨온 중장년 팬층이 있고, 그들의 음악 콘텐츠 접근성은 디지털 시대에 맞추어 오히려 높아졌다. 스타는 이제 충분한 듯하니, 이제 좋은 음악이 있으면 된다. 커버곡이 아닌 신곡, 그냥 신곡이 아닌 좋은 신곡이 만들어져야 할 것이다. 조금 지켜봐도 괜찮겠지. 무엇보다 명절의 평화를 주었으니 채널마다 훤히 보이는 급히 노 젓는 모습들 정도야 이해하지 못할 이유가 전혀 없을 일이다.

#플레이리스트

송가인
〈무명배우〉

송가인
〈한 많은 대동강〉

나훈아
〈홍시〉

주현미
〈짝사랑〉

김지애
〈몰래 한 사랑〉

문희옥
〈사랑의 거리〉

장윤정
〈초혼〉

원더걸스
〈아이러니〉

화요일부터 일요일까지

가요 프로그램을 좋아한다. 화요일은 〈더쇼〉 수요일은 〈쇼! 챔피언〉 목요일은 〈엠카운트다운〉 금요일은 〈뮤직뱅크〉 토요일은 〈쇼! 음악중심〉 일요일은 〈SBS 인기가요〉를 볼 수 있다. 아무것도 하지 않아도 되는 일주일이 내게 주어진다면 저녁마다 가요 프로그램을 볼 것이다. 새로 나온 노래도 체크하고 괜찮은 신인도 점찍고 좋아하는 가수의 요일별 스타일도 가늠할 수 있다. 사실 모든 무대가 흥미진진한 건 아니어서 보다 보면 주말 오후의 낮잠에 빠져들기도 하는데, 노래 한두 곡 정도의 눈 붙임이 얼마나 달콤한지 모른다. 괜찮은 사운드에 눈을 뜨면 괜찮은 가수가 나와 있으니까. 예컨대 오마이걸이랄지. 가령 오마이걸이거나. 그래서 되도록 한 주도 빼놓지 않고 보려고 노력한다. 내 나름 오래 유지한 취미라고 할 수 있겠다. 그 노력의 성과로 가요사 중대한 장면 대부분을 생방송으로 본 영광을 누리기도 했다.

먼저 김수철의 〈정신 차려〉 무대가 기억난다. 어머니와 같이 봤는데, 저게 무슨 춤이냐고 엄마가 웃자 나도 따라 웃었다. 후에 한 다큐멘터리를 보니, 아무래도 〈정신 차려〉의 첫 무대였던 듯하다. 원 맨 밴드를 시도했던 그는 PD의 성화에 못 이겨 어떤 몸짓을 했을 뿐이었는데, 그게 기타를 치는 것도 아니요, 춤을 추는 것도 아니요, 그렇다고 노래를 정성스레 부르는 것도 아니라서였는지 제발 정신 좀 차리라는 가사의 진정성을 극대화했다. 아마도 김수철이 여보게, 하고 부른 대상은 정말이지 정신없고 손이 많이 가는 친구였을 테다. 그런 친구마저 돌보고 함께하는 정서는 후에 〈날아라 슈퍼보드〉 OST에서 흐드러지게 이어진다. 억지 아니냐고? 아 왜 이러셔. 이러면 섭섭하셔.

1980년대 후반 원 맨 밴드의 신선한 충격이 김수철의 무대였다면, 2000년대 중반 홍대 밴드가 던진 충격은 다른 의미로 만만치 않았다. 가요계의 다양성이니, 밴드 음악의 활성화니 하는 명목으로 홍대 인디 밴드가 가요 프로그램에 심심치 않게 출연했었는데, 그런 시도는 박살이 났다. 카우치의 기행에 앞서 삐삐 롱 스타킹이 먼저 출연해서 카메라에 침을 뱉었는데, 그 장면도 실시간으로 보았다. 그렇게 많은 양의 침이라니, 미리 생수 한입 머금고 뱉을 준비를 하고 있었던 게 아닐까? 그럼 침 뱉기가 아니라 물놀이 같은 거라고 해도 되지 않나? 하는 관대한 생각을 했었다. 그저 밴드가 가요 프로그램에 나오는 게 좋아서 그랬다. 하지만 바지를 벗는 건 다른 문제지. 아무렴, 그렇고말고. 화면에 잠깐 비친 그것을 그것이라 알아보긴 어려운 일이었다. 저거 뭐지? 바지 무늬야? 액세서리인가? 할 때 화면은 이리저리 어지럽게 움직였고, 이윽고 신지와 MC몽이 혼이 빠진 표정으로 사과를 했다. 사과에도 불구하고 〈음악 캠프〉는 폐지됐고 당시 활동하던 인디 밴드 여럿에도 여러 악영향이 미쳤다. 정말 미쳤다. 아, 왜 그랬어.

지금은 웃음 소재로 가볍게 소비되고 있지만 박명수의 오동도 사태 또한 나에게는 마찬가지로 충격적이었다. 방송을 보았을 때 느낀 분노가 아직도 생생하다. 일주일을 기다려서 보는 가요 프로그램인데, 저따위 무대로 소중한 시간을 버리다니. 심지어 나는 군인이었는데, 군인이 주말 가요 프로그램을 얼마나 기다리는데, 아니 그런 건 중요한 게 아니고, 방송 무대에 서고 싶어도 서지 못하는 가수가 수두룩할 텐데, 그렇게 무대를 하면 안 되는 것이다. 저 실력에 컴백 스페셜에 록 사운드에 랩 피처링에 드라큘라 콘셉트에 지나치게 많은 백댄서까지… 그토록 끔찍한 믹스 앤 매치는 어디에도 없었다. 다시금 영상을 찾아보니 그런 일을 저지르고도 꾸준히 앨범을 내고 예능을 통해 히트곡도 얻은 박명수가 새삼 대단해 보이기까지 한다. 소녀시대 제시카와 〈냉면〉

을 냈을 때 나조차 냉면, 냉면, 냉면 따라 불렀으니까. 하지만 나빴던 건 나빴다. 개그맨도 가수를 꿈꿀 수 있다. 그렇다면 가수가 되어야 한다. 가수 지망생이 아니고.

전설적인 무대도 보았다. 2009년 소녀시대의 〈소원을 말해봐〉 헬기 착륙장 무대를 아시는지. 가요 프로그램의 존재 이유를 제대로 보여준 무대였다. 아니, 빌딩 옥상이었다. 대문자 H자가 아로새겨진 헬기 착륙장에서 마린 복장을 한 소녀시대가 흐트러짐 없는 퍼포먼스를 보였다. 드론이 없던 당시, 촬영을 위해 실제 헬기가 떴고, 카메라 한 대는 건너편 빌딩에서 찍은 듯, 조금 흐릿하게 포커스가 어긋나는데, 그건 그것대로 아삼아삼하니 훌륭했다. 소녀시대의 해군 복장과 어우러지면서 어느 순간 도심의 빌딩이 바다 한복판의 군함처럼 보이는 착시까지 일어난다. 3분만을 위한 위대한 기획과 3분 동안 펼친 완벽한 공연의 조화였다. 무대 초반 높은 빌딩이라는 낯선 환경에 약간 긴장한 듯 보이던 멤버들이 곡 중반부터는 몸이 완전히 풀려 무대를 즐기는 모습은 소름이 돋을 정도다. 근래 LCD를 활용해 화려하지만 결국 그게 그거인 무대 장치와 비교하면 얼마나 진보적이고 담대한지, 다시 보아도 감탄하고 환호할 만한 3분은 순식간에 지나갔지만, 소녀시대는 누가 뭐래도 SNSD. 지금까지 최고로 남아 있다.

최고라 하면 역시 1위 발표 순간이다. 〈하여가〉로 컴백한 서태지와 아이들이 당연히 〈가요톱10〉에서 5주 연속 1위를 하고 골든컵을 가져갈 거라 생각한 그 순간, 임성훈 아나운서의 입에서는 다른 이름이 튀어나왔다. 김수희 〈애모〉! 에? 애모? 저 이모의 애모? 그날의 충격을 잊을 수 없다. 연말 시상식에서 〈세상은 요지경〉의 신신애가 김수희를 공개적으로 저격할 때만큼의 충격이었다. 김수희는 평소처럼 애절하게 앙코르곡을 불렀다. 서태지와 아이들도 별로 충격은 아니라는 듯 웃으며 인사하고 무대 아래로 내려갔다. 나만 〈하여가〉 무대를 다시 한번 볼 수 없어 충격 먹고 주먹을 입에 넣었다. 이 방송국 놈들, 불공정해. 믿을 수 없어. 비슷한 장면을 수년이 지나 H.O.T.와 젝스키스를 상대로 김종환이 재현한다. 제목은 〈사랑을 위하여〉. 〈애모〉와 〈사랑을 위하여〉는 결국 같은 뜻 아닌가? 역시 사랑은 위대하다. 위대한 것이 1위를 한다.

이번 주 가요 프로그램들에는 누가 나오려나. 갈수록 비슷비슷해져가는 게 불만 아닌 불만이다. 불만이 아니지는 않다는 이야기다. 불만 있다는 뜻이다. 가수들은 점점 더 정확해지고, 실수가 없다. 사전 녹화는 실수를 원천 차단한다. 화요일부터 일요일까지 출연진의 순서도 비슷하고, 안무는 물론 똑같고, MC들의 말투도 분간이 안 된다. 이제는 누가 1위를 하든지 긴장감이 없고, 뉴스거리도 되지 않는다. 누가 그걸 보나? 근데 나는 아직 보고 있는데…. 나야 끝날 때까지 끝난 게 아니라면서 가요 프로그램을 찾겠지만, 월요일 동료 누구에게도 본 걸 이야기할 수 없는 슬픔과 외로움은 생각보다 깊다. 근데 정말 누가 보나? '프로듀스 101'에 과몰입했던 A와 B에게 카톡이나 보내야겠다. 믿을 건 둘뿐이네.

#플레이리스트

김수철
〈정신 차려〉

김수철
〈저팔계〉

삐삐 롱 스타킹
〈바보 버스〉

박명수, 제시카, 이트라이브
〈냉면〉

소녀시대
〈소원을 말해봐〉

소녀시대
〈I Got A Boy〉

김수희
〈애모〉

김종환
〈사랑을 위하여〉

노래방 갈래요?

사람을 둘로 나누는 건 쉬운 일이다. 시를 읽는 사람과 아닌 사람. 맥북을 쓰는 사람과 아닌 사람. 멜론 차트를 듣는 사람과 아닌 사람. 뮤지컬 공연을 보는 사람과 아닌 사람. 야구팬인 사람과 아닌 사람. 기아 타이거즈 팬인 사람과 아닌 사람. 기타 등등. 하지만 이렇게도 말할 수 있다. 사람이 둘로 나뉜다고 보는 사람과 아닌 사람. 나는 아닌 사람에 속한다. 앞선 문장에서 소설이니 맥북이니 특히 야구니 운운한 건 모조리 헛소리다. 사람은 제각기 다르다. 사람은 둘로 나눌 수 없다. 그렇다고 혈액형으로 사람의 성향을 나누자는 건 아니다. MBTI를 신봉하지도 않는다. 다만 이거 하나는 확언하고 싶다.

사람은 노래방을 좋아하는 사람과 아닌 사람으로 나뉜다. 그러니까,

노래방을 좋아하는 사람은 시보다는 소설을 좋아할 것 같다. 맥북 대신 그램을 쓸 것 같으며 뮤지컬을 보기 시작하면 회전문을 돌 것 같고 야구팬이긴 하지만 LG나 롯데를 좋아할 것만 같다. 그리고 당연히 E로 시작하는 MBTI 결과지를 받았을 것이다.

나로 말할 것 같으면 가요를 사랑하는 숱한 인간들과 마찬가지로 노래방을 피하는 스타일은 아니

다. 피할 수 없으니(?) 즐기는 편이다. 그렇게까지 즐길 일인가? 싶게 즐기는 게 문제라면 문제다. 노래방을 피하는 순간은 노래방을 나온 직후가 유일하다. 노래방 한 타임에 세상에 하나뿐인 최선을 다하기 때문이다. 기진맥진하기 때문이다.

　　노래방의 역사는 성당 고등부 학생회 시절로 거슬러 올라간다. 엄혹한 90년대 여고와 남고를 다니던 녀석들이 건실한 신앙을 위해 일요일 오전부터 경건하게도 모였으니 얼마나 신실하고 건전했겠는가? 그런 우리는 대낮부터 노래방에 갔다. 나는 임창정의 노래를 즐겨 불렀다. 컨디션이 좋은 날은 〈결혼해줘〉 후반부 고음까지 부드럽게 올라갔다. 물론 친구들은 〈늑대와 함께 춤을〉을 부르는 걸 더 좋아했지만, 노래방 초반 타임은 역시 발라드가 제격이다. 유리상자의 〈순애보〉는 깔끔한 목소리로 이목을 집중시키기에 좋았다. 조성모의 〈피아노〉와 이승철의 〈말리꽃〉도 뭔가 감정을 폭발하는 척하기에 알맞다. 이제는 상식 같은 이야기가 되었지만 임재범의 〈고해〉는 부르면 안 된다. 부활의 노래들도 마찬가지. 다 알면서도 그 노래를 예약하는 이기주의자가 노래방 안에 한 명 이상은 꼭 있어서 문제다. 성당 친구 중에서도 있었다. 그런 애들이 꼭 음치다.

그런 녀석들은 무시하고, 분위기를 이으려면 쿨의 〈루시퍼의 변명〉이나 〈슬퍼지려 하기 전에〉를 부르면 좋았다. 다른 성별의 목소리가 자연스럽게 섞이면서 분위기가 융화된다. 이 정도면 되었다 싶을 때 이소라와 김현철이 부른 〈그대 안의 블루〉에 도전해 본다. 같이 부르는 누군가가 있는가? 나는 없었는데, 아까 그 음치 놈이 저 노래를 부르면 마이크를 집어 드는 여자애들이 있더라. 역시 노래보다는 얼굴이요, 노래의 완성마저 얼굴이었던 셈이다. 항상 최선을 다해 부르는 건 나였는데! 더러운 세상.

이쯤 되면 정체를 알 수 없는 허탈과 분노를 숨기려 더욱 막 나가기 시작한다. 트로트를 부르기 시작하는 것이다. 즐겨 불렀던 건 최석준의 〈꽃을 든 남자〉와 나훈아의 〈건배〉 그리고 〈최진사댁 셋째 딸〉이었다. 수평으로 눕힌 마이크를 두 손으로 영접하듯 들고 깍듯하게 인사를 하면 노래방의 열기는 최고조에 달했다. 누가 뭐래도 노래방에서는 트로트여서, 십대 때부터 갈고닦은 꺾기와 능청은 대학원 시절에 특히 빛을 발했다. 교수님, 어서 즐거워하시고 이 자리를 끝내시죠 하는 마음 반, 모르겠다 일단 즐기자 하는 마음 반.

이런 일도 있었다. 노래방 작별 시간이 거의 다

되어갈 즈음 후배 둘이서 듀엣으로 동방신기의 〈주문(MIROTIC)〉을 부르고 있었는데, 다음 곡으로 부가킹즈의 〈Tic Tac Toe〉를 예약해놓은 어떤 녀석의 마음이 급했던 모양이다. 저 노래를 끝까지 부르면 저 곡을 마지막으로 노래방을 나가야 하지만, 지금 끊고 다음 노래를 시작하면 그 노래까지 완창할 수 있을 텐데… 그런 생각으로 녀석은 리모컨을 들고 '종료' 버튼을 눌러버리고 말았다. 노래는 한창 마지막 치명적인 랩 부분으로 달려가고 있었는데, 난데없이 반주가 끊기자 듀엣은 크게 화를 내었고, 일행은 다툼 끝에 서먹하게 헤어지고 말았다. 나에게도 비슷한 일이 있었는데, 오락실 코인 노래방에서였다. 조장혁의 〈중독된 사랑〉을 열창하고 있었는데 친구놈이 디스코로 리듬 변환을 하는 게 아닌가? 거기까지는 참았는데, 템포를 높이는 순간 결국 참지 못한 채 마이크를 던지고 씩씩거리며 오락실을 나와버렸다. 친구야, 미안하다. 내가 옹졸했다.

매너는 사람을 만든다. 노래방에서 매너는 특히 중요하다. 따지자면 많겠으나 그중 몇 가지만 추려 정리해보았다.

1. 전주 및 간주 점프는 숙련자에게 맡긴다.

2. '우선 예약'은 기본적으로 금지하되, 다음의 경우에는 허락된다.

2-1. 리모컨 조작 실수로 인한 노래 중단.

2-2. 실연, 입대, 낙방 등의 일행의 특별한 사정.

3. 남의 노래에는 별도의 요청이 있을 때까지 끼어들지 않는다.

3-1. 하이라이트 부분은 특별히 금한다.

3-2. 가창자의 고음 불가로 인한 경우에는 일행의 용례를 따른다.

4. 가창자에게 최대한 집중하며 잡담과 해찰은 삼간다.

4-1. 예약 책자를 보는 경우는 예외로 둔다.

4-2. 박수와 환호를 권장한다.

5. 본인의 노래를 세 곡 이상 연달아 예약하지 않는다.

6. 요금 지불 의사 없이 함부로 서비스를 요청하지 않는다.

근래에는 노래방 가기가 더없이 힘들어졌다. 코로나19가 아니더라도, 가지 않은 지 몇 해째다. 이제 최선을 다해 놀기 전에 다음 일이 걱정이다. 막차는 괜찮나, 피곤하지 않을까, 다음 날 출근은 어떡하지, 노래방을 싫어하는 사람이 있지는 않을까, 혼자 코인 노래방에 가는 건 좀 처량해 보이지 않니, 나 요즘 노래 잘 모르는데(진짜?).

#플레이리스트

임창정
〈늑대와 함께 춤을〉

임창정
〈결혼해줘〉

쿨
〈슬퍼지려 하기 전에〉

임재범
〈고해〉

조장혁
〈중독된 사랑〉

유리상자
〈순애보〉

이승철
〈말리꽃〉

동방신기
〈주문(MIROTIC)〉

누가 전사의 후예인가

대학에 입학하니 다들 시디플레이어에 연결한 이어폰을 빼고, 곳곳에서 '소통'에 여념이 없었다. 동아리, 소모임, 학과 모임 등등에서 만나고 흩어졌다. 학생회실이나 동아리방, 호프집이나 포장마차에서도 그랬지만 인터넷에서도 마찬가지였다. 특히 '다음' 카페가 성했다. 학과 카페는 물론이고 학번마다 소모임마다 카페를 만들어 '소통'했다. 어떤 능력자는 html 기본 태그를 써서 텍스트에 색도 넣고 서체 크기도 조절하고 심지어 오른쪽에서 왼쪽으로 글자를 흐르게도 했다. 인터넷 세상 곳곳에서 재미있는 게시물을 '펌'해오는 부류도 있었다. 엽기토끼나 졸라맨이 많았고, 유승준과 문희준에 대한 것도 있었다.

유승준은 병역 문제로 된통 걸렸다. '스티븐 유'라는 본래 이름을 꼬아 부른 멸칭이 인터넷 밈으로 쓰였고, 그를 주인공으로 한 플래시 애니메이션이 인기였다. 내용은 그가 결국 군에 입대하게 되어 겪는 고통과 폭력이 전부였는데, 당시 입대를 몇 개월 앞두고 있던 나는 그걸 꽤 진지하게 즐겼다. 나는 가는 군대를 저 녀석은 왜 안 가나, 하는 억울함 같은 것도 있었을 테고, 신성한 국방의 의무에 대한 강제된 동조 같은 것도 있었을 테지만, 무엇보다도 남들이 재미있어하니 나도 재미있어했던 것 같다. 인터넷의 재미란 대부분이 그런 식이니까.

　문희준에게도 그랬다. 그는 병역을 기피한 것도 아니고 대단한 범죄 행각을 벌인 것도 아니지만 그래서인지 사람들은 그에게 더 잔인하고 혹독했다. '오인용'이라는 이름으로 괴발개발 제작된 콘텐츠가 문희준이라는 특정인을 모든 이의 분풀이용 장난감으로 만들었다. 두더지 잡기 게임이나, 펀치 머신 같은 거였을까. 우리는 망치로 두더지 머리를 때리거나 펀치 머신에 힘껏 주먹을 꽂을 때 죄의식을 느끼지 않는다. 그것에 생명이 없기 때문이다. 그때 우리는 문희준을 무생물 상태의 어떤 물체로 여겼던 듯하다. 그때부터 지금까지 수많은 사람 형태의 물체가 우리 귀에 음악을 들려주고, 우리 눈에 무대를 보여주고, 우리 손과 입에 의해 고통받고 사라져버렸던 것도 사실이다.

　어느 예비역 선배는 학과 공식 카페에 집요하게 문희준 관련 글을 올렸다. 플래시 애니메이션이 새로 나오면 누구보다 빨리 퍼왔고, 자기 나름의 감상평을 달았다. 수많은 키읔 사이에 '뷁'이 있었다. 얼마 전 제대했거나 얼마 후 입대할 인간들이 댓글과 답글로 사이버 군중을 이루었다. 수업 시간에는 안 보이던 인간들까지 어김없이 존재감을 드러내며 새로 파생된 유행어와 재치 있어 보이는 욕설 문장을 와글와글 뱉었다. 나는 회색 방관자로 한 걸음 비켜서 있었다. 이거 좀 위험해 보이는데… 하는 생각이 언뜻 들었지만, 곧 입대를 앞둔 청년의 말초적이고 유아적인 뇌피질이 더 이상의 생각을 반려했다.

"인권과 명예를 무시하고 유린하는 ××학번
○○○의 카페 게시글을 규탄한다."

대자보는 학과 학생회실과 인문대학 복도에 붙었다. 며칠 후 카페에도 올라왔다. 학과에서 숨죽이고 있던 H.O.T. 팬들이었다. 선배들은 선배에게 어떻게 대놓고 이럴 수가 있느냐며 헛기침하거나 쟤들은 문희준 생일이면 돈을 모아서 바이크를 사주는 애들이라고 험담했다. 그러거나 말거나 대자보와 항의는 계속되었다. 댓글에는 댓글로 면박을 주고, 게시글에는 답글로 대거리했다.

연예인뿐만 아니라 그동안 카페에 심심치 않게 보였던 성차별적 게시글도 지적되었다. 댓글과 댓글의 댓글, 학교 안팎에서의 여론전에 젝스키스 고지용을 좋아했던 2학년, god 대니를 응원하는 신입생, 이브의 록 음악을 사랑한 3학년까지 합세했다. 안티

흉내를 내던 예비역들의 논리는 곤궁했다. 갓 제대한 선배의 "선배한테 이러기냐" 하는 말은 "선배가 선배다워야 선배죠" 하는 응수에 밀렸다. 게임과 당구를 사랑한 선배의 "재미로 우리끼리 논 건데 이렇게까지" 하는 넋두리는 "그거 재미없는데요" 하는 칼 같은 답에 쓸렸다. 무엇보다 운동권 출신 선배의 "대학생이나 되어서 가수에 빠져 있느냐" 하는 훈계는 "왜 대학생이나 되어서 그 가수 욕하는 데 흠뻑 빠져 있는지" 하는 맞는 말에 기절했다. 예비역은 졌다. 남은 건 분명한 사과였다.

하지만 아무 일도 일어나지 않았다. 기말고사와 방학, 새로운 학기는 분위기를 전환했고, 불타오르던 게시판에도 슬슬 한기가 돌았다. 예비역 중 누구는 졸업했고 누구는 연애에 바빴고, 누구는 취업 준비에 매진했다. 사과하지 않아도 그들에게 무슨 일이 벌어지지는 않았다. 한데 뭉쳤던 카페의 전사들도 각자의 자리로 돌아갔다. 나는 입대했다. 시간을 버티어 다시 학교로 돌아오면 예비역이 될 처지였다. 입소일 아침, 마지막으로 이브의 〈I'll Be There〉를 듣던 이어폰을 빼 친구에게 건네고 연병장을 향해 뛰었다. 거기에 아무도 없을 것 같다는 예감에 사로잡힌 채.

#플레이리스트

H.O.T.
〈전사의 후예〉

H.O.T.
〈열맞춰!(Line Up!)〉

젝스키스
〈그녀가 남기고 간 선물〉

문희준
〈아낌없이 주는 나무(Generous…)〉

유승준
〈가위〉

god
〈하늘색 약속〉

god
〈사랑해 그리고 기억해〉

이브
〈너 그럴 때면…〉

그 역에서 들어줘

또래보다 서울에 늦게 올라왔다. 대학원까지 마치고 서른 살이 되기 직전 헐레벌떡 감행한 상경이다. 공부를 잘하는 친구는 대학에 합격해 서울에 갔고, 바지런한 친구는 대학 졸업 이후 취업해서 서울에 갔다. 이도 저도 아닌 스물아홉의 상경은 퍽 늦된 것도 사실이었다. 내색하지 않았지만, 서울에서 살 첫 방을 구하러 다니면서 누가 코를 베어 가진 않을까 괜히 콧잔등이 간지러웠다.

그렇게 코를 보호하며 불광동 반지하 셋방을 구한 다음 몰두한 일은 전철 안내도 들여다보기다. 서울과 경기도 곳곳을 혈액처럼 지나다니는 지하의 왕국은 어두운 미로처럼 느껴졌다. 미로에 남겨진 이방인이 된 듯할 때 강박적으로 이어폰 볼륨을 키웠다. 귓속의 박동이 커질수록 정신은 말짱해져 주위의 것이 눈에 들어왔다. 내려야 할 곳과 갈아타야 할 지점도 잘 보게 되었다. 불안해서 그랬다. 전철역을 모조리 외운다고 불안증이 사라질 일도 아니지만, 서울에 올라와 몇 달 되지 않아 어지간한 노선도는 본래 서울에 살았던 사람보다 더 빠삭하게 되었다. 그렇게까지 할 필요는 없었는데, 누가 그러라 한 것도 아닌데.

역마다 어울리는 노래가 있다고 생각한다. 이

유는 설명하기 어렵다. 취향이란 원래 그 기원을 알수가 없는 법이다. 취향은 당사자의 설명이 불가능하고, 해명이 요구될 수도 없다. 취향의 묶음을 업계관계자가 발견하거나, 취향의 갈래를 비평가가 분석할 수는 있겠지만. 날마다 전철에 올라타는 우리에게 그럴 시간은 없다.

경기 남부에 있는 예술 고등학교에 시를 가르치러 가는 길, 신도림역에서 포미닛의 음악을 많이 들었다. 출근 시간이 아님에도 언제나 붐비는 역사에서 사람들과 어깨를 부딪치며 〈Muzik〉을 들었고 〈HUH〉와 〈I My Me Mine〉을 반복 재생했다. 각 열차의 도착 시각을 알리는 전광판과 비교적 정확하게 자신의 자리를 찾아 발걸음을 내딛는 사람들. 거대한 인파가 기계처럼 오르내리는 계단의 구석을 차지한 걸인. 구미를 당기는 강렬하고 고소한 향을 최대한 멀리까지 내뿜는 델리만쥬. 조악한 소품들을 파는 노점상… 그것들은 포미닛의 음악 속에서 더 자세히 보였다. 이상한 일이었지만 그랬다. 기억은 이미 굴절되었고, 신도림의 장면은 포미닛의 초기 앨범들 아니면 재생되지 않는다. 〈이름이 뭐예요?〉와 〈미쳐〉까지도 신도림역과 찰떡같이 어울린다고 주장하기에 한 점 부끄러움이 없건만, 신도림역에 갈 일이 별로 없게 되었을 무렵 그들은 허무하게 해체되었다. 재계약 결렬.

시를 가르치고 퇴근하는 길에는 종로3가역에 자주 갔다. 거기서는 Apink를 들었다. 〈HUSH〉와 〈BUBIBU〉, 〈Mr. Chu〉를 들으면서 환승을 위해 걸었다. 혹은 귀금속 매장이 늘어선 길로 나아가 교보문고까지 걸어갔다. 어쨌든 많이 걸어야 하는 역이었다. 그만큼 Apink의 노래가 귀했다. 외국어 학원 광고판, 그 학원에 다니는 듯한 학생들로 그득한 프랜차이즈 카페, 그들의 할아버지 할머니뻘 되어 보이는 어르신들, 그 어르신들이 아무런 자세로 앉아 있는 층계의 초입들. 일찌거니 취해 불콰한 사람들. 그럼에도 무언가에 열중인 존재들…. Apink의 초기 앨범은 명확한 콘셉트를 정하고 거기에 몰입한다. 그리고 각종 리얼리티 프로그램에서 콘셉트 바깥의 스스로를 스스럼없이 알린다. 종로3가에서 광화문 사거리 쪽으로 시선을 멀리 두면 도시를 지탱하고 있는 고층 건물의 위용이 새삼스럽다. 종로3가에서 골목 쪽으로 시선을 가까이하면 특색 없이 화려한 가게들과 모퉁이마다 모여 있는 일회용 커피잔이 내숭 없는 도시의 일면을 내보인다. 〈LUV〉와 〈FIVE〉도, 〈%%(응응)〉과 〈덤더럼(Dumhdurum)〉도 그

건강한 이중성에서부터 시작된 멜로디일 것이다.

옥수역에서는 BTS의 〈봄날〉을 들었다. 한동안 대화역에서 스무 개가 넘는 역을 지나쳐 신사역으로 출근해야 했었는데, 당연하게도 깊게 잠들고는 했다. 잠에서 깨어나지 못하면 고속터미널역까지 가버리는 것이다. 그럼 하루가 망가지는 것이다. 지하에서 지상으로 나아가는 옥수역 구간의 햇빛은 하루의 출발을 도와주었다. 옥수의 빛이 눈꺼풀을 간지럽혀 잠에서 깨어나는 순간, 귀는 〈봄날〉이었다. 눈을 떠야 하는구나. 다음 그리고 다음 역에서 나는 내리는구나. 다음 그리고 다음에 이어질 영원할 것만 같은 출근길에 BTS의 노래는 썩 잘 어울린다. 〈피 땀 눈물〉도 그렇고 〈DNA〉도 그렇고 〈불타오르네(FIRE)〉는 물론이며 〈작은 것들을 위한 시(Boy With Luv)〉 〈Dynamite〉까지…. 모든 노래를 다 열거할 수 있겠지만 그중 〈봄날〉을 다시 듣는다. 옥수역을 지나칠 때마다, 침을 닦고 가방을 챙기며 내릴 준비를 하는 지금이 인생의 봄날이라 생각하면 그것으로 충분하다 싶기도 한 것이다.

역마다 어울리는 노래가 있다. 이유를 설명하기가 여전히 어렵다. 취향이란 원래 제멋대로다. 그것을 설명하려는 어리석은 시도를 인간은 멈추지 않아

왔다. 보통은 말과 글로 그런 행위를 하는데, 그걸 끝까지 들어주는 이의 친절을 헤아릴 깜냥이 내게 없다. 그대에게 지금 그렇다. 이런 들음과 들림 덕분에 나의 불안증은 하루에 조금씩 아주 조금씩 그래서 상당량 줄어들었고, 줄어들고 있다.

#플레이리스트

4minute
〈I My Me Mine〉

4minute
〈미쳐〉

Apink
〈HUSH〉

Apink
〈내가 설렐 수 있게〉

Apink
〈%%(응응)〉

BTS
〈피 땀 눈물〉

BTS
〈봄날〉

BTS
〈작은 것들을 위한 시(Boy With Luv)〉

홀로의 위로

그때 한강철교 밑을 지나가고 있었다. 평일 저녁의 강변북로는 어김없이 막혔다. 이적의 〈Rain〉에서처럼 자동차 불빛이 강변북로의 곡선을 따라 빼곡하게 한강의 곁을 채웠다. 나는 조금 울고 있었다. 병원에 다녀오는 길이었고, 병원에는 한 달 전에 태어난 나의 아이가 있었다. 아이의 곁에는 아내가 있었을 것이고, 나는 집과 병원과 직장을 오가는 생활이었다. 강변북로를 따라, 몇 개의 교각을 지나치며.

첫째는 다운증후군을 지닌 채 태어났다. 염색체의 이상이라고 하는데, 뚜렷한 이유는 알 수 없다. 염색체 이상이 없는 사람과 외관, 운동 능력, 지각 능력이 같아질 가능성은 없다. 다운증후군은 다운증후군으로 살아가는 것이다. 내가 나로 살아가는 것처럼. 당신이 당신으로 살아가는 것처럼. 나와 당신은 장애인이 아닐 수 있지만, 나의 딸은 장애인이 아닐 수 없다. 이 사실이 나를 두렵게 만들었다. 이 사실이 억울하고 싫었다. 화가 났다. 나에게 이런 일이 벌어질 이유가 없다고 생각했다. 그건 사실이었다.

아이는 우선 간단한 심장 수술을 받아야 했다. 네 시간의 수술을 마치고 나온 아이는 마취가 풀리지 않아 온몸이 처진 상태였다. 팔다리를 늘어뜨린 신생아를 멀쩡하게 보고 있기란 어려운 일이다. 나의 아이라면 더욱 그럴 것이다. 옆구리에는 수술 자국이 있었다. 그 후로 며칠 소독 작업이 필요했는데, 그때마다 얌전한 아이가 크게 울었다. 아내는 그 모습을 보지 못하고 다른 곳에서 작게 울었다. 나는 울지 못하고 간호사와 의사를 도와 버둥거리는 아이의 발목을 잡았다. 나는 울지 않고 화를 내고 있었던 것 같다. 그런 날들이 자동차 물결처럼 이어졌다. 꽉 막혀 움직이지 않는 듯, 조금씩 어쨌든 앞으로.

자동차에서는 라디오를 자주 듣는다. 〈유인나의 볼륨을 높여요〉는 시간대가 맞으면 거의 들었다. 라디오의 '신'이라고 하면 배철수 아니면 이금희 또는 박소현이겠지만(셋은 같은 황금 시간대의 지상파 3사의 라디오 DJ다) 유인나야말로 라디오 '천재'라고 생각한다. 자연스러운 반존대로 생기는 친밀감, 재간 넘치는 콩트 연기로 생기는 긴장감 같은 게 있었다. 지겹고 힘든 퇴근길 볼륨과 함께라면 언제나 미소를 머금은 채였는데(김예원, 수현에 이어 지금 DJ인 강한나까지 모두 마찬가지), 그날은 그저 틀어만 놓았다. 유인나가 무슨 콩트를 하든, 어떤 노래를 틀든, 광고에서 부탄가스가 조강지처를 찾든 말든… 화를 내고 있었던 거다. 왜? 내 아이가 왜? 무슨 이유로?

그날의 게스트는 이하이. 정규 앨범 《First Love》 홍보 활동이었지만 DJ와 친분이 있어 유독 편안하게 방송하는 듯했다. 볼륨을 조금 높였다. 〈It's Over〉를 먼저 들려주었다. 오디션 프로그램에서 귀에 박혔던 이하이의 장점은 저런 게 아니었는데 왜 저런담. 〈1,2,3,4〉에서도 그러더니. 〈Rose〉는 좋았다. 근황과 잡담을 나누고 청취자의 길고 짧은 문자를 읽어주었다. 선물도 주었다. 그리고 수록곡 〈짝사랑〉을 짧게 틀었다. 그게 좋았다. 나는 짝사랑을 했던 것 같다. 정상 가족의 평범한 행복. 어디선가 벌어지고 있는 일임을 알고 있지만, 그게 내 일은 아닐 거라던 게으르고 이기적인 믿음. 그것이 벌어졌을 때, 스스로를 과도하게 안쓰러워하는 비대한 자의식. 이런 사랑은 실패해도 좋겠다.

유인나의 마지막 인사까지 듣고 이하이의 앨범을 듣는 것으로 라디오를 대신했다. 〈바보〉와 〈Dream〉과 〈짝사랑〉을 반복해서 들었다. 처음으로 제대로 울었다. 아니, 처음으로 화를 내지 않고 울었다. 이게 나의 인생이구나. 찬란할 것도 결코 없겠지만, 기어코 참담하지도 않을. 아름답다고 가끔은 말해도 될, 말하지 않아도 결국 그러할 인생. 내 아이와 함께할 삶. 그런 가사도 아니었는데, 그런 가사로 들렸다. 이상한 일이었다. 자동차는 이제 강변북로를 빠져나와 자유로로 접어들었고, 조금 속도를 높일 수 있었다. 어둠이 짙어지고 있었다.

소속사를 옮긴 이하이가 출연한 라디오를 최근에 또 우연히 들었다. 이번에는 강한나가 진행하는 〈볼륨을 높여요〉였다. 라디오는 우연히 음악을 듣고, 우연히 누군가의 목소리를 들을 수 있는 매체여서 좋다. 이하이는 담담하게 과거와 현재, 그리고 포부를 말한 후, 〈홀로〉를 들려주었다. 바로 전작보다 훨씬 깊은 목소리였다. 아, 이제 더 좋아지겠구나. 더 오래 활동하겠구나 싶었다.

이하이의 목소리에 많은 위로를 받았다. 〈한숨〉에서 〈홀로〉까지 이하이가 활동을 이어가고, 십대 오디션 출연자에서 어엿한 뮤지션이 되는 동안 아이도 별 탈 없이 무럭무럭 자랐다. 아이는 물론 이하이가 아닌 〈상어 가족〉을 좋아하지만, 언제고 조금 더 커서 가요를 듣게 되면 이하이의 콘서트에는 꼭 같이 가고 싶다. 그때까지 이하이가 활동을 계속하리라는 믿음도 물론 있다. 몇 년 후 우리는 콘서트에서 만날 수 있을 것이다. 가수는 무대에 있을 것이고, 나와 사춘기 딸은 객석에 있을 것이다. 그날을 기다리며 오늘도 한강철교 밑을 지난다. 꽉 막힌 길에서 자동차의 느린 흐름에 몸을 내맡긴 채. 그럼에도 불구하고 앞으로, 앞으로 가기 마련인 생의 흐름을 따라.

#플레이리스트

이하이
〈1,2,3,4〉
이하이
〈Rose〉
이하이
〈짝사랑〉
이하이
〈바보〉
이하이
〈Dream〉
이하이
〈한숨〉
이하이
〈홀로〉
핑크퐁
〈상어 가족〉

에필로그

이 책은 〈문명특급〉의 재재 님이 썼으면 더 좋았겠다고 생각한다. 하지만 재재 님은 바빴겠지. 재재 님만큼은 물론 아니겠으나 나 또한 바빠서 마감을 많이 미뤘다. 재재 님은 그럴 리 없겠지만 나는 게을러서 마감을 완전 많이 어겼다. 책을 내기로 약속했던 날의 인기가요는 태연의 〈Fine〉, 그해 상반기 최고 인기곡은 윤종신의 〈좋니〉, 그해 주요 가요 시상식 대상은 BTS가 받았다. BTS의 여전함을 생각하면 시간이 얼마 안 간 것 같은데, BTS가 이룬 그간의 성과를 생각하면… 역시 나는 안 되겠다.

출근길 승강기에서 마주치는 건너 팀 과장님은 스마트폰으로 늘 BTS를 본다. 뮤직비디오거나 무대 영상이거나 짧은 영상일 테지만, 거북목을 불사하고 1층에서 5층까지의 짧은 순간마저 놓지 못하는 그것을 나는 존중하기로 한다. 내 스마트폰에는 오마이걸과 이달의 소녀와 에이프릴 영상이 한창 재생 중이므로. 하나에 저토록 열렬히 진심인 마음에는 존중을 넘어 존경을 보내야 함이 마땅할 테다.

엊그제는 오마이걸이 뽀로로와 컬래버 음원을 발표했다. 불멸의 히트곡 〈바라밤〉을 오마이걸이 새로 불렀고, 〈SUPADUPA(천천히 해봐)〉라는 신곡을 세상에 내놓았다. 일요일 오후마다 〈살짝 설렜어〉 뮤직비디오를 강제 시청해야 했던 딸이 그렇지 않아도 반가운 펭귄(뽀로로)과 비버(루피)를 만나 좋은데, 거기에 더 반가운 오마이걸 언니들이 보이니 기쁘지 아니하겠는가. 급기야 녀석은 일곱 멤버의 이름을 외우는 데까지 이른다. 다만 '승희'를 '순희'로 알고 있다는 건 비밀 아닌 비밀.

회사 옆 레코드 가게는 코로나19 팬데믹 속에서도 여전히 살아남아 있다. 사장이 건물주의 아들인 게 아닐까 싶지만, 확인된 바 없다. 어머니는 송가인을 좋아하고 장모님은 임영웅을 좋아한다. 나도 어쩌면 훗날에 트로트를 좋아하게 되는 게 아닐까? 난생처음 내게 가요다운 가요를 들려준 건 역시 어머니였다. 들국화의 〈행진〉. 어쩐지 건물주의 아들이 될 운명은 애당초 아니었음을 선언하는 듯한 노래다. 그래도 뭐 어때. 행진, 행진, 행진하는 것이다.

지난 주말 가요 프로그램에서는 드림캐처의 〈BOCA〉와 온앤오프의 〈스쿰빗스위밍〉이 좋았다. 1위는 BTS의 신곡 〈Dynamite〉였다. 상황이 상황인

지라 국내 활동은 여의치 않은 듯하다. 수상자는 없지만, 1위를 발표할 때 모든 가수가 무대에 나와 서로를 격려하는 모습은 여전히 보기 좋았다. 언제 저 자리에 팬들이 들어찰 수 있을까? 가요 프로그램을 볼 때마다 무대만 보았을 뿐, 방청객들에게는 관심이 없거나 심지어 거추장스러워했는데, 이제는 보고 싶다. 그립다.

유튜브로 서태지와 아이들의 그때 영상을 가끔 본다. 그럼 '내 모든 것'이 '우리들만의 추억' 같고, 그 추억마저도 '마지막 축제' 같은 것이다. 그러다 정신을 차리고 지금 여기로 돌아온다. 곧바로 '헬로! WM 온택트 라이브 2020' 온라인 티켓을 구매했다. B1A4와 오마이걸과 온앤오프의 합동 콘서트다. 라이브를 화면으로 보는 것이다. 좀 아쉽지만 어쩔 수 없다. 이것이 바로 뉴노멀이겠지만, 올드노멀을 그리워해도 되겠지. 그날이 다시 돌아올 거라는 대책 없는 낙관도 노래 한 곡 듣는 동안에는 괜찮을 것이라 믿는다. 노래를 듣는 동안이나마 우리는 가까스로 희망을 품는다. 사랑도 하고 이별도 겪는다. 겨우 3분 동안. 무려 3분이나.

세상에 좋은 노래는 너무나도 많은데, 그중 나의 편협한 세계에 가까스로 들어온 몇 곡만 소개할 수 있었다. 귀로 들은 걸 글로 써낼 수 있어서 영광이다. 귀로 들은 만큼 글로 쓴 것들도 훌륭하다면 더할 나위 없겠으나 능력 바깥의 일이다. 그걸 알면서도, 묻고 싶었다. 그때 당신이 좋아하던 노래를. 지금까지 좋아하는 노래를. 어제오늘 새롭게 알게 된 노래를. 노래 이야기를 하면 시커먼 밤도 새하얗게 샐 수 있다. 당신과 하루 정도는 그랬으면 좋겠다. 그게 지금일 수도 있다고 생각하니, 마음에 물보라가 일어난다. 살짝 설렌다. 오마이걸의 〈Dolphin〉을 듣고 자야겠다.

안녕, 나의 3분. 안녕, 나의 모든 것.

#플레이리스트

태연
〈Fine〉

윤종신
〈좋니〉

BTS
〈Dynamite〉

에이프릴
〈LALALILALA〉

들국화
〈행진〉

오마이걸
〈SUPADUPA(천천히 해봐)〉

드림캐처
〈BOCA〉

온앤오프
〈스쿰빗스위밍〉

…그리고 당신이 사랑하는,
모든 노래.

나를 만든 세계, 내가 만든 세계
'아무튼'은 나에게 기쁨이자 즐거움이 되는,
생각만 해도 좋은 한 가지를 담은 에세이 시리즈입니다.
위고, 제철소, 코난북스, 세 출판사가 함께 펴냅니다.

아무튼, 인기가요

초판 1쇄 2020년 12월 21일
초판 3쇄 2022년 10월 1일
지은이 서효인
펴낸이 김태형
펴낸곳 제철소
출판등록 제2014-000058호
전화 070-7717-1924
팩스 0303-3444-3469
제작 세걸음

right_season@naver.com
facebook.com/from.rightseason
instagram.com/from.rightseason

© 서효인, 2020

ISBN 979-11-88343-38-6 02810